突然の恋

谷口純子

Decision to Love

Junko Taniguchi

日本教文社

はしがき

谷口　純子

この本は、生長の家の青年向け月刊誌『理想世界』の「若き人々のために」の欄《らん》に書かせていただいていたエッセイを集めたもの（二〇〇六年四月号～二〇〇八年二月号）です。

私はあと数年もすれば還暦《かんれき》になる年齢《ねんれい》で、「若き人々」とは、随分《ずいぶん》年齢の開きがあります。そんな私にもやはり若い時代があり、色々《いろいろ》なことで悩んだり、躓《つまず》いたり、時には人に助言をいただいたこともありました。そんな自分や、生長の家の信仰者としての経験を振り返りつつ、これから本格的に人生を歩もうとしている皆《みな》さんの参考になることを願いつつ、書かせていただきました。

この本のタイトルは、少し衝撃的《しょうげきてき》かもしれません。本文中の「突然の恋《こい》」というエッセイにもありますが、私が夫と結婚してまだ一年も経《た》たない頃《ころ》のことです。二人でテレビドラマを見ていて、その内容から私が、

「恋《こい》をしてしまったら仕方ないわよね」

と夫に言いました。すると彼は、

「人間は、そんな盲目的《もうもくてき》に恋に落ちるわけではない」

と言いました。

昔から「恋は思案《しあん》のほか」と言われるように、それまで私は、

人がだれかを好きになるのは自分の意思と関《かか》わりなく、突然やってくる〝幸運《こううん》〟や〝災難《さいなん》〟のようなものだと思っていました。

ところが夫は、

「人が誰《だれ》かを好きになるには、その人自身の心の中に、それ相《そう》応《おう》の理由があるはずだ。人間は、運命《うんめい》のようなものに盲目的《もうもくてき》に引きずられるものではないよ」

と言ったのです。

私たちの人生は、自分には不可抗力《ふかこうりょく》の何か大きな力で決められると、多くの人は思っているかもしれません。どの学校に入るか、どんな職場で働くか、また誰と結婚するかは、自分の希望通りの場合もあれば、「仕方なく……」ということもある――

そう感じるのが現実だからです。

ところが、私たちの人生に起こるすべてのものの決定権は、自分の〝心〟が握《にぎ》っているし、自分の周《まわ》りに展開する世界は、それぞれの人が自分の〝感覚〟と〝思い〟を動員して創《つく》っているのです。詳《くわ》しくは、本文をお読みいただければ分かっていただけると思います。

この本は、全編にわたって、「人間は自分の責任《せきにん》において人生をつくるのであり、〝運命〟のようなものに引きずられる存在ではない」ということが書いてあります。

現在、日本をはじめとする先進諸国は、「経済危機」が叫《さけ》ばれる中で、あり余るほどの物に囲《かこ》まれていながら、「もっとほしい」

という欲望を捨《す》てられないようです。

自分の人生は自分の心がつくるのですから、目《め》の前《まえ》にある多くの恵《めぐ》みに感謝して生きるとき、私たちの人生は、必ず喜びと希望に満ちた、生きがいのあるものとなることでしょう。この本が皆《みな》さまの幸福な日々の一助となれば幸いです。

二〇〇九年三月　春の訪《おとず》れがうれしい日に

突然の恋／目次

カバー／帯イラスト　著者
本文イラスト　大野えり
デザイン　株式会社アクロバット
佐藤憲／江本祐介／寺尾功司

突然の恋

若者の純粋さ

私が国際線のスチュワーデスをしていたときの話である。ヨーロッパから東京に帰る飛行機の中でのことだった。当時エコノミークラスの食事は一種類だけで、現在のように和食と洋食のどちらかを選んだり、魚か肉かというような選択肢《せんたくし》はなかった。それでも外国から日本に向かう便の場合、細長い小さな箱に入った海苔巻《のりまき》や、ざるそばなどが添《そ》えられるフライトもあった。日本の航空会社だったから、乗客の大半を占《し》める日本人向けのサービスである。日本食は久しぶりだという乗客もいて、少量ではあったが、評判《ひょうばん》の良い食事だった。

私はその時、ジャンボ機のエコノミークラスの最後部《さいこうぶ》座席の担当だった。その一角に、三十人くらいの団体客が乗っていた。その団体の添乗員《てんじょういん》は、髪《かみ》を七三《しちさん》に分け、めがねをかけた四十歳台の〝おじさん〟風《ふう》の男性だったが、私が食事のトレイを配《くば》っているとき、

「あのねー」

と、話しかけてきた。

「このグループの人達はずっとヨーロッパを旅行していて、日本食が恋《こい》しいんだけど、日本そばを余計《よけい》にもらえないかね」

その言葉を聞いて、私は「えっ」と思った。

この飛行機に乗っている日本人は、大半が日本食をもっとほ

しいと思っているに違《ちが》いない。にもかかわらず、自分のツアーの人だけを特別扱《あつか》いしてほしいというのだった。

そこで私は、

「申《もう》し訳《わけ》ございませんが、おそばはお一人一つずつということになっておりまして、余《よ》分《ぶん》はございません」

と答えた。もちろん、笑《え》顔《がお》を保《たも》ちながらである。

実際には飛行機の中の食事は、いつも乗客の数より余分に搭《とう》載《さい》されている。落としたりした場合のためである。だから、日本そばも十個あるいは二、三十個くらいは余分にあったとは思う。しかし、これはあくまでも「予備」で、ほしいと希望する人のためのものではない。エコノミークラスの乗客は満席になると三百二十一人だった。だから十や二十という数は、あくまでも「万《まん》が一《いち》」のためなのである。多分《たぶん》、その添乗員《てんじょういん》は仕事がら予備の食事のことを知っていて、そんな要求をしたのだと思う。私の答えに対して添乗員は特に抵抗することもなく、その場はスムーズにおさまった。

ところがしばらくして、食事のトレイを下《さ》げに私がそのグループの席へ行ったときだった。その添乗員がいきなり大きな声で、

「どうして余分はないと言ったんだ。男性の乗務員に頼《たの》んだら、いくつか余分に持って来てくれたぞ!」

と怒鳴《どな》った。

私はそれまで、乗客からそんな失礼な言葉遣《ことばづか》いや罵声《ばせい》を浴《あ》び

せられたことはなかったので、言葉を失った。そして、どう答えたのかよく覚えていない。ただ覚えているのは、その添乗員《てんじょういん》の率《ひき》いる団体客の何人かが、

「ごめんなさいね、あの人どこへ行ってもあんな風なのよ」

と、私に詫《わ》びてくれたことだった。

客のほうが添乗員に気を遣《つか》っている、変なグループだった。

ところで、予備のそばを乗客に配《くば》った男性の乗務員だが、その人はとても「人が好《よ》い」タイプの人だった。だから、頼んだ相手が旅行会社の添乗員という、会社にとっては「お得意《とくい》」だから、「お客様は神様です」の精神を発揮《はっき》することが、航空会社の社員としては良いことと思ったのかもしれない。また実際に、

特定の人を特別扱《あつか》いするような乗務員もいたのである。

しかし私は、「自分は特別だから、特別扱いされて当然」と思ったり、特別扱いされることによって、自分の存在を誇示《こじ》しようとするような人を受け入れることはできなかった。「はいはい」と言って、そういう人の不合理な要求に応じることはおかしいと思った。それに、他の乗客が知ったら「なぜあの人だけ」と思うに違《ちが》いないのである。サービスはフェアー（公正）でなければ不快感を生むことになり結局、サービスの目的を台無《だいな》しにしてしまう。

この出来事は、私が二十二、三歳の時の経験である。しかし五十歳を過ぎた今も、そのときの自分の行動を「若気《わかげ》の至《いた》り」

とは思っていない。

若い頃《ころ》は純粋《じゅんすい》で、物事《ものごと》を真正面《ましょうめん》からとらえて、世の中の不正や馴《な》れ合《あ》い、いい加減《かげん》さに反発を感じる人は多い。しかし、長く人生を送っているうちに、真《ま》っ直《す》ぐなだけでは人と調和して生きていくことは難《むずか》しい、という現実に直面する。そんな経験が繰《く》り返《かえ》されると、若いときの純粋《じゅんすい》さを忘《わす》れてしまう人も多いかもしれない。

しかし私は、若者の純粋さは大変貴重だと思う。若いゆえの判断には未熟《みじゅく》な部分があるかも知れないし、かたくなさや融通《ゆうずう》のきかない部分もあるかもしれないが、判断の純粋さは生涯《しょうがい》持ち続けてほしいと思う。ただ、その表現には工夫《くふう》が必要である。

数年前日本では、マンションやホテルの耐震《たいしん》強度についての偽装《ぎそう》が多数発覚し、社会を騒《さわ》がせる大きな事件となったことがあった。これなどは明らかに、人の迷惑《めいわく》というものを一切《いっさい》省《かえり》みない、自己の利益だけを追求した浅ましい人間の所業《しょぎょう》である。これらの事件に関わった人達にも、良心というものがあり、静かに考えれば自分の行動の間違《まちが》いも自覚できたはずである。

私は先ほど若者の純粋《じゅんすい》さを持ち続けてほしいといったが、実際には簡単なことではない。人間は他人の〝悪〟は良くわかるが、自分のこととなると自己中心的になり、それが見えなくなってしまうからだ。それには、「肉体が自分だ」と考える人間観《にんげんかん》が大いに影響《えいきょう》している。「肉体が人間だ」と思っていると、人間は一人一人個別の存在で、自分の利益を追わなければ他人によってそれは奪《うば》われ、不利な人生を送ることになると考える。すると、自分の利益の飽《あ》くなき追求が始まり、さもしい社会が現れる。

他人の不正と同じように自分の不正や利己主義を自覚できるには、それなりの心の訓練が必要であり、それは簡単ではない。しかしそれをしなければ、人間は「自己の理想を生きる」という青年の純粋《じゅんすい》さを持ち続けることはできない。心の訓練のためには、自分の心を見つめることが必要だ。自分の得《とく》になること、利益になること、認められること、人より優越感《ゆうえつかん》を味わいたいこと、そんな心が人間にはあるが、一方で人のためになりたい、喜んでもらいたい、親切《しんせつ》をしたい――そういう心もある。そのどちらをより多く行動に移すかで、その人の人生の価値が違《ちが》ってくる。

物事《ものごと》をするときにちょっと立ち止まって、自分の行動を検証《けんしょう》する習慣が、価値ある人生、真の成功者の道につながるのである。

若者には、そんな生き方をお勧《すす》めしたい。

積み重ねる力

飛行機に約一日、二十四時間近く乗ると日本の裏側、ブラジルに到着する。一月十五日、日本の最も寒い時期に夫と私は夏のサンパウロに向けて出発した。

今回のブラジル訪問の主な目的は、「世界平和のための生長の家国際教修会《こくさいきょうしゅうかい》」に参加するためだった。日本を除《のぞ》く世界十六カ国から、約三千人の生長の家の幹部の皆さんが集まって下さった。教修会の内容は、二年前の八月の教修会の復習と、今回の新たなテーマである「肉食」についてであった。

肉食は今や世界中で一般的に普及《ふきゅう》しているから、それを問題視する場合、かなり議論を呼ぶのではないかと予想された。最近は、日本にも多くのブラジル人が働きに来ているのでご存知《ぞんじ》の方もいると思うが、ブラジルでは「シュラスコ」という肉料理が人気である。これは、牛や豚《ぶた》や鶏《にわとり》の肉の塊《かたまり》や串刺《くしざ》しを、次々とテーブルに運んできて、それを好きなだけ切って食べる。そして「いらない」と言うまで出し続ける。こんな食事が、代表的なおもてなしとされる国柄《くにがら》である。また、世界有数《ゆうすう》の食肉の生産国であり輸出国でもある。そういう場所で、あえて肉食の弊害《へいがい》について様々《さまざま》な視点から研究発表が行われたのである。

日本でも若者の間では、ハンバーガーや牛丼《ぎゅうどん》、焼肉などが人気の食事だ。手軽で美味《おい》しく比較的安いからだ。途上国《とじょうこく》でも現在、肉食への流れは世界の大きな潮流《ちょうりゅう》となっているから、その是非《ぜひ》について論じることは、多くの人の生活にも直接関わることで、難《むずか》しい問題も孕《はら》んでいる。

宗教が生活と深く結びついていた近代以前の世界では、多くの民族が動物を殺して、その肉を食べることを「殺生《せっしょう》」として禁忌《きんき》の対象としていたところも多い。しかし現代では、そのような考え方は一部を除《のぞ》いてほとんど影《かげ》を潜《ひそ》めている。が、その一方で、健康のためや環境のために肉食を制限する動きや、「ロハス」「スローフード」などといって食生活のあり方を考えようという流れも生まれている。

教修会《きょうしゅうかい》では「世界史的視点から肉食を考える」ということで、

人間はどのようにして肉食をするようになったのかを考察した。それらを踏《ふ》まえて、教修会の参加国であるブラジルとアメリカの肉食の歴史と現状が例示されながら具体的に話され、そこから生じる現代の問題点と解決方法が述べられた。

現代の肉食の問題点の一つは、その生産現場がほとんど人の目に触《ふ》れないため、全《まった》くといっていいほど現状が知られていないことだ。肉の単価を下げるために、工業製品の製造と同じように、一箇所《いっかしょ》に集めての大量生産方式のため、その結果生じる様々《さまざま》な問題を消費者の目から隠《かく》している。

豚《ぶた》や鶏《にわとり》は、狭《せま》い囲《かこ》いの中で身動きできない状態で飼育《しいく》されていることは、話に聞いたことがあると思う。そして、短期間でより多くの肉を採《と》るために穀物《こくもつ》飼料を与えられ、運動は制限され、また狭《せま》い中で感染症《かんせんしょう》が蔓延《まんえん》するのを防ぐために多量の抗生《こうせい》物質《ぶっしつ》を投与される。屠殺《とさつ》と解体は流れ作業で行われるため、まだ完全に死んでいない動物も、皮を剝《む》かれたりする。生き物としてではなく、物のように扱《あつか》われているのである。牛の場合は、それよりは少し自由な放牧地《ほうぼくち》などで飼育されている場合が多い。しかし食肉として市場に出荷《しゅっか》される過程《かてい》で、不自由極《きわ》まりない輸送状況で遠隔地《えんかくち》に運ばれたり、まだ痛みを感じる状態で屠殺が行われているということだ。

会場のスクリーンには、そんな悲惨《ひさん》な状態が写真や映像で示されたので、私などは目を覆《おお》いたくなった。

この残虐性《ざんぎゃくせい》が問題の一つであるが、もう一つの問題は、肉食が人間や環境に及ぼす影響である。

牛は広い放牧地《ほうぼくち》を必要とするから、牛の成育のために、広大な面積の森林が伐採《ばっさい》される。ブラジルの場合は、生物多様性に満ちたアマゾンの熱帯雨林の消滅《しょうめつ》が問題となっている。さらにそれらの動物を短期間で肥育《ひいく》させるために、穀物《こくもつ》が大量に与えられている。世界の穀物《こくもつ》生産量の三分の一以上が動物の食料となっているが、先進国では穀物消費量の八割近くが、人間が食べる動物の餌《えさ》になっているということは驚きだった。世界には九億六千万人以上の人が飢《う》えに苦しんでおり、毎年一千万人もの子供を含めた人が餓死《がし》しているのが、地球の現状なのである。

このことを考えると、先進国を中心とした人々が、自分たちの食生活を真剣に考えなくてはならないことが、明らかだと思う。また食肉飼育《しょくにくしいく》現場では、し尿《にょう》や汚水《おすい》が大量に発生し、地下水を汚染《おせん》したり、土地を不毛《ふもう》にするなど、地球環境に大きな悪影響を及《およ》ぼしているのも、見逃《みのが》せない問題である。

日本を含めた先進諸国の人々にとっては、身近《みぢか》に飢《う》えに苦しみ、死んでいく人を見る機会は、ほとんどない。また実際に広大な森林が牛の放牧《ほうぼく》のために、伐採《ばっさい》される現場を見ることもない。さらには、食肉の製造や加工現場も目には届かないのである。だから、肉食の様々《さまざま》な問題は、正確な情報にもとづき想像力を使って、自分たちの問題として捉《とら》え直《なお》す必要がある。

盗《ぬす》みが悪いということは誰《だれ》でも知っている。それでも盗みをする人はいるが、その人自身「いけないことをしている」という認識があると思う。また周《まわ》りの人々はそのことを非難《ひなん》する。肉食の場合も同じで、肉食が結果として同じ地球上の貧《まず》しい人々の食料を奪うことになり、地球環境にも深刻《しんこく》な影響《えいきょう》を及《およ》ぼすということを知ってほしい。それがあれば、程度の差はあっても、「肉を食べる」という行為に対して、何らかの心の痛みを感じるようになる人もいると思う。そこから、たとえ少しずつでも、別の土地に生きる人々や動物たちのことを考え、自分の食習慣を見直し、生活を変化させることができるのではないだろうか。

日々の暮らしを変えるということは、簡単にできることではない。しかし「小さな積《つ》み重《かさ》ね」から、やがては個人生活の大きな改善《かいぜん》へと繋《つな》がる。その個人の力が合わさって社会の力となり、潮流《ちょうりゅう》となり、世界の平和につながっていくだろう。そのことを、より多くの人々に知ってもらいたい。

半身と結婚

今から三十年くらい前、私が二十代の頃は、女性の結婚適齢《てきれい》期《き》は二十三〜四歳だと言われていた。そもそも「結婚適齢期」などというものを誰《だれ》が決めるのかと思うが、女性の出産可能な年齢と社会状況、またその時代の平均寿命《じゅみょう》などから、女性が結婚するには理想的な年齢だと考えて、何となく決められたもののように思われる。そんな中で私が結婚したのは二十七歳だったから、当時としては遅《おそ》いほうで、結婚に至るまでには「なぜ結婚しないの？」と何回も訊《き》かれたものである。

現在は三十歳過ぎて結婚する人もたくさんあり、結婚しない人もいるから、その時のように「適齢期《てきれいき》」という言葉はあまり聞かれなくなったようだ。結婚に関して自由な空気になったとも言える。さらに女性は結婚しなくても、経済的に自分の生活を支《ささ》えることができるようになったから、「生活のための結婚」というのは、今の日本ではあまりなくなったのかもしれない。このような状況の下《もと》では、「なぜ結婚するか」ということが、大変重要になってくる。

私の場合はどうだったか。当時の私は、「結婚は、本来一つの魂《たましい》であったものが二つに分かれた〝半身《はんしん》〟が、元《もと》の一つに結ばれること」という生長の家の考え方を文字通り信じていた。そして半身との出会いを、まるで「白馬《はくば》にまたがった王子が現れ

る」ことのように思っていた。かつて一つだったものが分けられ、その二人が再びめぐり合うという話は、とてもロマンチックな話である。しかし、そういう〝半身《はんしん》〟に、「この人があなたの片《かた》割《わ》れです」という印《しるし》があるわけではない。また世の中には結婚しない人もいるし、相手になかなかめぐり合えない場合もある。だから、全ての人が必ず半身にめぐり合えるわけではないという現実に接すると、この考え方は不安の原因にもなるのだった。

一生独身で過ごす女性の場合、谷口雅春先生は新版『真理女性篇』（日本教文社刊）の中で、この人生では、特殊な使命を持った女性は、結婚をせず一生仕事をする場合もある、と書かれている。それを読んだ私は、もし自分がそれに該当《がいとう》するならば、私には半身《はんしん》はいないかもしれないとも思った。今思えば少しこっけいな感じ方ではあるが、これは半身の存在を運命的なもの——自分の力の及《およ》ばないあらかじめ定められた人生がある——と考えていた証拠《しょうこ》である。このように若い頃《ころ》の私は、自分の人生は自己選択《じこせんたく》であるということを、本当の意味では理解していなかった。

半身《はんしん》を求める気持があり、結婚をしたいと思うこと自体、既《すで》に半身がいることを示している。自分の中にないものを人間は求めないからだ。ただ、色々な事情で自分自身が結婚をしないと決めた場合には、結婚しない人生の選択をしていくだろう。今ではそのように思える私であるが、若い頃は不安だった。

様々《さまざま》な迷《まよ》いを抱《かか》えていた二十代の私は、それでも未来に何か明るさを予見《よけん》して懸命《けんめい》に生きていた。

そんなある日、東京の住宅街を歩いていた私の脳裏《のうり》に突然、「自分は何のためにこんなに一所懸命《いっしょけんめい》に生きているの？」という問いが浮かんだ。

自分の生《い》き様《ざま》を、その時ふと離れて見ることができたのである。すると「この私を理解してくれる人が必ずいる」という答えがはっきりと返ってきて、心の中にストンと落ちた。私の半身《はんしん》はいると確信できたのである。その時、身近《みぢか》に「この人」と思う人がいたわけではないが、これを境《さかい》にして、私の心の中の不安はなくなっていった。それからしばらくして、私は夫にめぐり合い、やがて結婚することになった。その間の詳《くわ》しいいきさつについては、かつて話したことが生長の家の機関誌にすでに発表されている。

夫に初めて会ったとき、私は「この人が半身《はんしん》だ」などとは全《まった》く思わなかった。むしろ、近づくことを避《さ》けたいと思った。それは何か本能的な自己防衛《ぼうえい》反応だったと思う。夫の置かれている環境を思うと、自分とは関係ない「遠くの存在」だと思いたかった。しかし心を澄《す》まし、その奥にあるものを見つめたとき、私は自分の本心を見出《みいだ》した。表面的な戸惑《とまど》いの思いとは裏腹《うらはら》に、私は心の奥底で夫に惹《ひ》かれていたことがわかった。人間の心とは複雑なものだと思う。

先日名古屋で生長の家の講習会が開催されたとき、夫婦関係についての質問があった。質問者は女性で、その人は夫と性格が正反対で、お互《たが》いに反発して理解し合えないが、そういう関係はどうすれば良いのかという内容だった。

それに対する夫の答えはこうだった。

「もう少しがんばってほしいですね。私たち夫婦もこうして何《なに》事《ごと》もなかったように、二人で講習会に来ていますが、ここまで来るには色々なことがありましたよ」

会場は、笑いに包《つつ》まれた。予想外の答えだったからだろう。

その後の夫の答えは大略《たいりゃく》、次のようなものだった。

――「似《に》たもの夫婦」と言われることもあるが、夫婦というのは、自分と反対の性格の人と結婚する場合が多い。「夫婦は互《たが》いに半身《はんしん》」という言葉を聞くと、それぞれが一人だけでは不完全な〝半分〟であり、二人そろってやっと完全であるように思いがちだ。しかし人間は本来神の子で、一人一人が完全な存在である。しかし、その完全さはまだ充分に表現されていないので、自分の中の表現されていない部分を、夫あるいは妻の中に見出《みいだ》し、その人に魅力《みりょく》を感じ、結婚する。夫あるいは妻として選んだ相手は、自分の中の表現できていない部分を表現している人、と言える。だから結婚生活によって、神の子としての「完全さ」の表現がより進むことになり、満足度は向上する。だから、「性格が反対だから間違《まちが》った結婚」とはならない。その逆に、夫婦は互いに（表面的には）違《ちが》っていて当然である。お互《たが》いを理解し、尊重《そんちょう》して相手の良いところを認めよう。

この説明は、私にはよく理解できた。このように考えると、夫婦は違《ちが》っているからこそ、お互いに影響《えいきょう》しあい、時には摩擦《まさつ》と思われるようなことを経験しながらでも、進歩することができる。人はこのような〝半身《はんしん》〟を得ることにより、自分の中にある完全性を表現したいという願いが満たされ、心の安定も得られるだろう。

こうして結婚というものの重要さと意義深《いぎぶか》さがわかると、人生に新たな光が射《さ》し、積極的な人生が歩《あゆ》めるのである。

時代を生きる

四月九日、長野県の松本市で生長の家の講習会が開催された。その前日の午後、新宿から中央本線に乗って約三時間、電車に揺《ゆ》られ松本に着いた。東京の気温は二十度だったが松本地方は十二度と天気予報は言っていた。しかし電車を降《お》りると松本は曇《くも》り空で、町全体にぼんやりと霞《かすみ》がかかったように見え、予報の温度よりも低いのではないかと思われる寒さだった。この町は山に囲《かこ》まれているが、周《まわ》りの山もまだ白い雪を被《かぶ》っていた。翌朝の新聞には長野市で黄砂《こうさ》が降《ふ》ったと書いてあったから、薄《うす》ぼんやりと見えた町の景色は、黄砂によるものだったらしい。

幸《さいわ》い、講習会の当日は陽《ひ》も射《さ》してよい天気になった。講習会も無事《ぶじ》終わり、東京へ帰る予定の列車「あずさ号」の出発時刻まで一時間少し余裕《よゆう》があった。そこで夫と私は、駅近くの「松本市時計博物館」を見学することにした。そこは、個人の時計収集家が寄贈したものを中心に、江戸時代から現代までの様々《さまざま》な時計が展示されていた。そのほとんどが、今も現役《げんえき》で時を告《つ》げているのだった。古びた感じのものはなく、きれいに磨《みが》かれ、手入れが行き届いていることがうかがえた。

日本の時計が中心だが、ヨーロッパ、中国のものなどもあり、みな手作りだから芸術作品のようでもあった。私の家には腕時計なども含めると、十五個ないし二十個近くの時計がある。その中で、子供が小さい頃《ころ》に買ったドイツ製の鳩時計《はとどけい》は、趣《おもむ》きがあって楽しいものだが、他《ほか》はほとんどが実用品だから機能的で簡素《かんそ》な作りである。しかし、この博物館の展示品の古いものは特別な地位の人や、特殊の場所で使うために、その時代の技術の粋《すい》を凝《こ》らして作られていた。文字盤全体が大理石《だいりせき》で動物や人の彫刻《ちょうこく》が施《ほどこ》されていたり、宝石をちりばめたもの、あるいは細長い時計全体に、木彫《きぼ》りの細《こま》かい葉っぱの透《す》かし模様《もよう》が施《ほどこ》されていたりした。人間はこんなに複雑な精密機械を作ったうえに、さらに手の込んだ美しい装飾《そうしょく》を施すのだろうか——私は、感嘆《かんたん》し不思議《ふしぎ》に思った。

それは昔の殿様《とのさま》や王様が、自分の権勢《けんせい》を示そうとして、あるいは富の象徴《しょうちょう》として、その時代の一流の職人や芸術家に作らせたのかもしれない。動機やきっかけはそれぞれ違《ちが》うだろうが、なぜそんな芸術品を作ろうとするのか、また作れるのかと思うと、より美しく完成されたものを目指《めざ》す人間の〝本性《ほんせい》〟のようなものを感じずにはいられなかった。絵画展《かいがてん》などでも同様のことを感じるが、それは人間のもつ善性《ぜんせい》あるいは高貴な可能性に接したようで、豊かな気持になる。

そんな反面、マスメディアが伝える情報だけに注目すると、「大変な時代になった」という気がする。それはたとえば、日本では幼《おさな》い子供が無残《むざん》に殺されたり、振り込め詐欺《さぎ》のようなものが頻発《ひんぱつ》し外国人の犯罪が増えたなどと伝えられるときである。

また世界各地でテロが起こり、先進諸国の繁栄とは裏腹《うらはら》に、飢《き》餓《が》状態の人の割合が増え、貧富《ひんぷ》の差が大きくなっているなどと言われるときである。そういう情報は、まるで「人間は悪い」「この世は大変だ」と言っているように聞こえる。そんな情報ばかりに接していると、まるで有史以来最悪の時代を生きているように感じ、将来への希望も失われていく人もいるようだ。本当にそうなのか？——私は疑問に思う。

私は、いわゆる団塊《だんかい》の世代のすぐ後に属する年齢である。団塊の世代が二十歳前後であった一九七〇年当時、学生運動が熾《し》烈《れつ》で世の中は騒然《そうぜん》としていた。学生運動をすることが、そして共産主義あるいは社会主義を理想とすることが、その時代の若者には「正当」であり「正義にかなった」生き方だというような空気があった。そんな中で、私は日本がソ連や中国のような国になったら大変だと思い、そんなことをさせてはならない、という緊迫《きんぱく》した不安感のようなものをもっていた。

どこから情報を得るのか知らないが、現代の若い人達もその時代のことを聞いて、「目的がはっきりとした」「人生を賭《か》ける」「熱《あつ》く燃《も》えた」時代だったなどと、ある種の憧《あこが》れを感じるらしい。しかし、現実はそんな生易《なまやさ》しいものではなく、学生運動は社会の秩序《ちつじょ》を乱《みだ》し、校舎や商店を破壊し、死傷者を出し、人々を不安に陥《おとしい》れたのである。

私が思うに、いつの時代も当事者《とうじしゃ》にとっては〝大変な時代〟

に感じられるのではないだろうか。その理由の一つは、時代とともに社会の構造が変化し、科学技術は発達し、生活も変わる。それに伴《ともな》って人々の考え方やものの見方も変わらざるを得ないが、すぐには変化は訪《おとず》れず、新旧の価値観がぶつかり合う時があるからである。

私が小学生のころ、ようやくテレビが出始めてやがて各家庭に普及《ふきゅう》するようになった。すると、そのころ著名《ちょめい》な評論家だった大宅壮一《おおやそういち》氏が、テレビを見ることにより日本国民は「一億総白痴化《はくちか》する」と言った。本を読んだり考えたりしないようになるからという。しかし実際にはそんな現象は起こらなかった。確かにテレビの見過ぎには弊害《へいがい》があるが、人間はそれに気づき、より良く生きようと努力してきたからだ。

東西の冷戦が終結した現在は、狭《せま》い民族主義が復活し、テロや地球環境問題が起こり、途上国《とじょうこく》の貧困《ひんこん》問題などもある。時代は変化し、そのつど登場する問題も変化するが、大切なのは変化を恐れず、その時代の問題と真面目《まじめ》に向き合うことだ。

現代はコンピューターを始めとした新しい技術の発達により、以前には考えられなかったような様々《さまざま》なことが可能になり、地球も心理的に狭《せま》くなった。そういう時代には新しい技術の良い面と悪い面が入り乱れ、社会は今、正邪《せいじゃ》の判別《はんべつ》がまだできないでいる過渡期《かとき》にある。しかし、「今」という時は、過去の人類の英知《えいち》と経験の積《つ》み重《かさ》ねの上に成り立っているのだから、どんな時代よりも活力に満ちた、素晴《すば》らしい時代ではないだろうか。だから、〝問題〟として現れているものは、実は新たな可能性への〝扉〟でもある。そして、その〝扉〟を押し開くものは、人間の善性《ぜんせい》への信頼であると思う。

楽観主義の生活

「世界の終りでもあるまいし」――It isn't quite the end of the world.

一九八九年のアメリカ映画に『ドライビング・ミス・デイジー』というのがある。アメリカ南部に住む独立心旺盛《おうせい》の、頑固《がんこ》なユダヤ系老婦人、デイジーが主役である。一人息子《むすこ》は別に暮らしていて、年老《としお》いていく母のことを気遣《きづか》うのだが、その母は息子《むすこ》の好意を素直《すなお》に受けようとしない気の強い女性である。息子《むすこ》が母のために雇《やと》った黒人の運転手も、「必要ない」と初めは認めようとしない。しかし、彼女はしだいに運転手に心を開き、生涯《しょうがい》の友となる。デイジーと運転手の心の交流を軸《じく》とし、老いや人種差別なども絡《から》めた人情話《にんじょうばなし》だ。その映画の中に、息子《むすこ》の家の使用人である黒人女性が、クリスマスのディナーの材料を買い忘《わす》れて、息子の妻からひどくしかられるシーンがある。そのとき息子は、冒頭《ぼうとう》の言葉を黒人女性にかけて慰《なぐさ》めるのだ。

――そんな深刻《しんこく》に受け止めなくていいよ。世界がこれで終わるというわけではないからね。この言葉にはそんな意味がある。何か失敗をした人に対してかける言葉だ。どんな状況でも「世界が終わる」ことに比《くら》べたら、大したことではない。キリスト教の信仰を持っている人達は、そういう風に考えるのだろう。

聖書には、「世界の終り」のときにはキリストが再臨《さいりん》し、善人《ぜんにん》と悪人《あくにん》とに振《ふ》り分けて、善人は天国に、悪人は永遠の業火《ごうか》の中に落とされる、と説かれた箇所《かしょ》がある。それを文字通り信じている信者は、今の時代には少ないと思う。しかし、彼らの間には、そのような聖書の考え方が広く共有されているから、失敗したり落ち込んだとき、自分や他人を慰《なぐさ》めるために、「世界の終りに比《くら》べたら……」などと言うのだろう。

実際、失敗やつらい経験をして、本人が落ち込んでいるときにも、別の人の目には「他にも道はある」と思えたり、「それが最悪ではない」と感じられることは、案外《あんがい》多い。そのことを教えられると、失敗した人は救われた気分になったり、慰《なぐさ》められることがある。悲観的《ひかんてき》だった心が、肯定的《こうていてき》な方向へ向き始める

からだ。

ところが、そうでない考え方をする人も沢山《たくさん》いる。私の夫は生長の家の講習会で、日本の犯罪数は、マスコミなどが強調して報道するほど悪くなく、減少しているものもあるということを、ときどき話す。それと似《に》たようなことを、犯罪心理学者の作田明《さくたあきら》さんが、五月九日の『産経新聞』の正論欄《らん》に書いておられた。

日本の刑法犯の数は二〇〇三年以降、少年犯の検挙数《けんきょすう》は二〇〇四年以降、それぞれ減少傾向にあるという。また、最悪の凶悪犯罪《きょうあくはんざい》である殺人の発生数は、最近の二十年ほどはほぼ横ばい状態で、急増したということはないそうだ。治安《ちあん》については、一時経済不況などで刑法犯全体が増えたことはあったが、最近は減少傾向にある。それなのに、多くの人が凶悪犯罪や少年犯罪が増え続け、治安《ちあん》も悪くなったと思い込んでいるようだ。

その理由として、マスコミが犯罪等を大きく、繰《く》り返《かえ》し取り上げることと、官公庁が過敏《かびん》に反応し過大《かだい》に広報すること、また警備会社や携帯電話会社などが宣伝に利用することなどが挙《あ》げられるという。加えて、人々が過去のもっとひどい犯罪についいて忘れやすいこともあるそうだ。そして作田さんは「ほとんどの主要国や比較的人口の多い多くの発展途上国《はってんとじょうこく》と比較しても、日本より犯罪発生率が低い国を探《さが》し出すことは難《むずか》しい」と言う。

日本の犯罪数も治安も、諸外国と比《くら》べて、決して悪くないということだ。にもかかわらず、人間には必要以上に現実を悪く見る傾向《けいこう》があるようだ。それは、「悪を避《さ》けたい」「被害《ひがい》に遭《あ》いたくない」という自己防衛の心があり、それが現実の悲劇の報道を目の前にすると、敏感《びんかん》に反応してしまうからだろう。そして、「もしも」の時を予想し、警戒《けいかい》し注意深くなる。「どうにかなるさ」という楽観的《らっかんてき》な気持が、もちにくいのである。

こんな人間の心の傾向について考えるとき、私はイソップ童話の「アリとキリギリス」の話を思い出す。

アリは夏の暑い盛《さか》りでもせっせと働いて、冬のために食料を貯《た》めておく。一方のキリギリスは、夏は苦労しなくても、目の前に沢山《たくさん》の食料があるから気軽《きがる》に食べ、冬のことなど考えず楽しく遊んで暮らしている。やがて冬になると、夏遊んで過ごしたキリギリスは、どこにも食料を見つけることができず、寒さと飢《う》えで死にそうになる。アリのほうは夏にしっかり働いて、食料も確保しているから、冬の間も困らない。

この寓話《ぐうわ》は、しかし単なる「人生悲観論《じんせいひかんろん》の勧《すす》め」なのだろうか？　アリは悲観的だったから、夏せっせと働いたのではない。冬の状況を正しく判断し、今するべきことをしたのだ。だから私たちも、「悪を避《さ》けたい」と思うなら、心の法則を含《ふく》めたこの現実世界の仕組《しく》みを正しく知ることが大切だ。犯罪に巻き込まれないように注意し、例えば家の鍵《かぎ》をしっかりかけることも必要だ。

しかし、そういう物理的な予防以上に、犯罪や事件を引き寄せない心を持たなくてはいけない。なぜなら人間の心は、私たちの環境を作り出すからだ。不安な思いが強ければ、自分の願いとは裏腹《うらはら》に、不安なものを引き寄せ作ってしまうのが人間の心の力だ。だから不安とは反対の、「明るい心」を持つことがとても大切なのである。

でも心が不安でいっぱいのとき、明るい心を持てといわれても、なかなか難《むずか》しい。そのためには、ある程度《ていど》の練習が必要だ。意識して心が明るくなる本を読んだり、楽しい映画を見たり、心が浮き立つ音楽を聴《き》いたりしよう。また、自分の身の回《まわ》りに「善《よ》いこと」を探《さが》したり、自然や人々から受ける様々《さまざま》な恩恵《おんけい》に感謝することで、心の方向を「暗《あん》」から「明《めい》」に転換《てんかん》することだ。この練習を続けることによって、どんな人でも必ず明るい楽観《らっかん》的《てき》な性格を作ることができる。

すると、どんなことが起こっても「世界の終りではない」と人生を肯定的《こうていてき》に見ることができ、暗い出来事に心身《しんしん》が引き寄せられることが少なくなる。そうなれば生きることが楽しくなり、不安や取《と》り越《こ》し苦労《くろう》はしだいに影《かげ》を潜《ひそ》めてしまうのである。

このような楽観主義の生活は、安易《あんい》な生活ではない。なぜなら、心のモードを自主的に「明《めい》」の方向に切《き》り換《か》えるという積極的な生き方から生まれるからだ。

生ゴミはありがたい

わが家の庭にコンポストを置くようになって何年になるだろうか。多分《たぶん》六〜七年前のことだと思うが、それは夫からの提案だった。当初私は、その申し出にあまり気が進まなかった。理由は、わが家の場合、コンポストを置ける場所まで少し距離《きより》があって面倒《めんどう》なこと。それから、生《なま》ゴミの腐敗臭《ふはいしゅう》や夏場の虫の発生がいやだったからだ。

私がそんな理屈《りくつ》を並べると、夫は、

「じゃあ、僕《ぼく》が生ゴミを入れに行くから……」

と言う。それならば、と私は同意した。

　コンポストを置く前には、夫はミミズを飼《か》って、そのミミズに生《なま》ゴミの処理をさせようと試《こころ》みた。そのため生ゴミ処理に適するというシマミミズを専門の業者から取り寄せた。

　初めのうち、シマミミズは生ゴミを良く食べ、数もどんどん増《ふ》えて、見るのも怖《こわ》いくらいに繁殖《はんしょく》した。が、ある日、生ゴミの発酵《はっこう》による熱で、容器の中が異常に熱くなったようで、シマミミズは一度に死んでしまった。そんな失敗があったので、夫はミミズによる生ゴミの処理はあきらめたようで、コンポストということになったのである。

　以来、コンポストを庭のビワの木の陰《かげ》に置いて一日一回、台所から出る野菜くずや果物《くだもの》の皮、魚の骨、お茶殻《ちゃがら》などを捨《す》てに行くのが彼の役目となった。これで家庭のゴミは相当減《そうとうへ》ったので、今では私は「生《なま》ゴミはコンポスト」が当然のことで、それ以外の処理《しょり》はないと思っている。

しかし以前は、生ゴミは「燃えるゴミ」として、ゴミ収集日に出すのが当《あた》り前《まえ》だった。多くの都会生活者は皆そのようにしていると思う。中には、ゴミの減量《げんりょう》や環境悪化《かんきょうあっか》を食い止めようという意識があって、コンポストを使いたいと思っている人がいるかもしれないが、マンション暮らしなどでは置き場がないという理由で、あきらめている場合もあると思う。

どんなことでもそうだが、「当《あた》り前《まえ》」と思って特に意識しない行動の中に、改善したり、さらに配慮《はいりょ》すると、自分や周《まわ》りの人にも、そして環境にも良いということは案外《あんがい》あるものである。しかし、自分の意識が、個人の幸福や便利さに集中していると、なかなかその必要性に気がつかないし、一歩を踏《ふ》み出そうという気持が出てこないものである。

生《なま》ゴミに象徴《しょうちょう》されるように、かつては多くのものを循環《じゅんかん》させて、無駄《むだ》なもの、廃棄物《はいきぶつ》として捨《す》てるものなどあまり出さない生活だった。それは現在のように、何でも手に入る時代ではなかったからでもある。先日、富山市で生長の家の講習会があったとき、帰りに富山市民芸村の「民俗資料館《みんぞくしりょうかん》」というところに寄った。そこは萱葺《かやぶ》き屋根の家屋《かおく》が移築された中に、明治、大正、そして昭和二十年代くらいまでに使われていた暮らしの道具が展示されていた。展示品で私の目を引いたのは、稲《いな》わらで作る生活用品の数々だった。米俵《こめだわら》はもとより、色々な形の雪靴《ゆきぐつ》、わらじ、ぞうり、むしろ、縄《なわ》、畳床《たたみどこ》などがあった。富山は雪深い土地だから、これらは農作業のできない冬に、家の中で作られた。脱穀《だっこく》した後《あと》の稲を徹底的に使い、「無駄《むだ》なものは何もない」ことを示す典型《てんけい》のようだった。

現代の生活は大変豊かで便利になったが、その分、さまざまな廃棄物《はいきぶつ》が私たちの回《まわ》りに溢《あふ》れ、地球環境を悪化《あっか》させている。しかしそれらがどのように処理《しょり》されるのかは直接、私たちの目に触《ふ》れない。だから、廃棄物問題の深刻《しんこく》さや環境への影響に気づくことが少ないというのが、現代生活の盲点《もうてん》である。夫はそんなことを意識して、「すこしでも循環《じゅんかん》できることは自分の手でしたい」そういう気持からコンポストを使うことを私に提案したのだろう。

私の場合も、生《なま》ゴミは地面に穴を掘《ほ》って埋《う》めたり、コンポストに入れて、その後堆肥《たいひ》として使えば、有効であることは知っていた。そして水分をたくさん含む生ゴミは、焼却処理《しょうきゃくしょり》するときには、余分《よぶん》なエネルギーがいることも聞いていた。しかし前述したように、その作業の過程の面倒《めんどう》さや悪臭《あくしゅう》の問題等を考え、敬遠《けいえん》していたのである。私の家には庭もあり、コンポストを置く場所もあれば、生ゴミを捨《す》てるための土地もあるのに、である。

そして夫は最初の言葉どおり、ずっとコンポストに生ゴミを入れてくれている。夏場などその作業の後《あと》に「すごく大きい蛆《うじ》虫《むし》がウジャウジャいる」などと、聞いただけで気持が悪くなることを言ったりする。

コンポストで一年くらいたってできた肥料《ひりょう》は、キーウィやイチジクなどわが家の庭の木々の生長に、大切な役割を果たしている。なかでも、夫が丹精《たんせい》しているブルーベリーには、冬のうちに根の周《まわ》りを掘《ほ》って、コンポストでできた肥料を入れている。そのせいかどうか分からないが、ここ数年は豊作《ほうさく》続きで、夏の間は二ヵ月くらい、生《なま》のブルーベリーを毎日食べることができる。また冬場にも、果実《かじつ》のジャムを楽しめる。

こうして考えると、わが家でコンポストを使うことによって得られた恩恵《おんけい》は、とても大きい。ゴミの減量になった。焼却《しょうきゃく》場《じょう》でゴミを処理《しょり》するときのエネルギーも、少なくなったはずだ。たとえその量が、大東京が吐《は》き出す生《なま》ゴミ全体に比《くら》べて微々《びび》たるものであっても、である。そして、生ゴミからできた堆肥《たいひ》は植木《うえき》を育て、きれいな花を咲《さ》かせ、おいしい果実もつける。もっとも大きな恩恵は、自分の行動が、他の人や自然界のために少しは役立っていて、また自分がそのような行いができたという満足感である。

反対に生ゴミを「燃えるゴミ」として収集してもらう場合のことを考えると、どうなるか。まず、運搬《うんぱん》と焼却《しょうきゃく》のために燃料を使い、二酸化炭素を排出《はいしゅつ》して地球の温暖化を促進《そくしん》する。またわが家の庭木の肥料は園芸店かどこかで買わなくてはいけない。その多くは石油を原料とする化学肥料である。もしそれを使わなければ、果実《かじつ》はさほどつかず、私たちの楽しみも少ないということになる。

ほんの少しの手間《てま》で、随分《ずいぶん》多くの恩恵が得られていることに、改めて驚くのだ。夫に感謝、生《なま》ゴミに感謝、である。

一人のちから

二〇〇六年（平成十八年）の五月、環境問題への提言では教祖《きょうそ》的《てき》存在であるレスター・ブラウン氏の講演を聴《き》きに、国立市《くにたちし》の一橋大学に行った。国立市に行くのは初めてだったが、駅から同大学までは一本道で、歩いて五分くらいである。道路脇には太い桜並木がアーチ型の緑のトンネルを作り、車道と歩道の間には幅広《はばひろ》の植え込みが続いていて、季節の花々や観葉植物が植えられている。そんな余裕《よゆう》のある町並《まちな》みを、私は好《この》もしく思った。

ブラウン氏は、ワシントンに住む当時七十三歳の白人男性で、髪も眉毛《まゆげ》も真《ま》っ白《しろ》の痩《や》せ型《がた》だが、年齢よりは若い感じのする人だった。世界的な有名人であるにしては偉《えら》ぶった態度や気取《きど》ったところがない。講演会場である講堂の舞台袖《ぶたいそで》で事前の打ち合わせをする様子《ようす》を目にしたが、ペンを口にくわえるなど、いかにも〝仕事人〟という感じがした。

講演に先立って、一橋大学からブラウン氏に名誉博士号が授《じゅ》与《よ》された。その挨拶《あいさつ》で氏は、「世界中のいろいろな国を訪《おとず》れるが、母国アメリカを除《のぞ》くと、日本がもっとも長く滞在している国だ」と言っていた。その割《わり》には、氏は日本のマスコミにはあまり取り上げられていない気がする。報道されても、私の目に留《と》まらなかったのか。あるいは、日本のメディアは氏の活動に関心がなかったのか……私は不思議《ふしぎ》に思った。

一人のちから

しかし、ブラウン氏を知らなくても、今や環境問題は一種の〝ブーム〟だ。新聞を始めとするマスコミも企業も、「環境に配慮《はいりょ》した」とか「環境にやさしい」などのキャッチフレーズを記事や広告に乱発《らんぱつ》しているのは、どうしたことだろう。

今回のブラウン氏の講演は、『プランB2・0』(ワールドウオッチジャパン刊)という新刊書の日本での紹介を兼《か》ねたもので、講演の内容は本とほぼ同じだった。ブラウン氏によると、地球環境は現在危機的状況にあるが、これに対処《たいしょ》するための新しい技術の開発はめざましく、人類が発想の転換《てんかん》をはかり、すみやかに行動すれば、大きな犠牲《ぎせい》を出さずに、さらには経済発展も続けながら、問題の解決はできるという。そんな大変前向きの提言であった。一番大きな問題は、しかし「時間がない」ということだった。待ったなしの状況であるが、そういう危機感《ききかん》が一般社会にないことが、一番の危機である、とブラウン氏は強調した。

地球環境問題の大きな原因は、二酸化炭素の排出《はいしゅつ》によって地球が温暖化し、極地《きょくち》や高地の氷が解《と》け、海面上昇を引き起こしていることだ。その結果、生物多様性が損《そこ》なわれ、各地のエコシステムが崩《くず》れつつあるため、将来人類は深刻《しんこく》な食料危機に直面するおそれがあること。また温暖化による気候の変動で、大《だい》規模《きぼ》災害の可能性も予測されている。それらを防《ふせ》ぐためには、化石燃料の使用を抜本的《ばっぽんてき》に減《へ》らさなくてはならないが、世界の国々は、逆に石油をはじめとする化石燃料の確保に必死になっているのが現状である。

このような動きは国際紛争《ふんそう》の原因になるし、また石油を豊富に産出する中東《ちゅうとう》では、極端《きょくたん》な富《とみ》と貧困《ひんこん》が混在《こんざい》し、それがテロの要因にもなっている。発展途上国《はってんとじょうこく》も環境の悪化により、農業や漁業が成り立たなくなり、貧困解消はなかなか難《むずか》しい。このように、石油をはじめとする化石燃料を使い続けることは、人類の平和や幸福とは反対の方向に進むことだといわれている。これらの問題への解決方法を示しているのが、ブラウン氏の新刊である。

地球規模の環境問題やエネルギー問題は、「目に見える事実」

として私たちに感じられることは少ない。だから、差《さ》し迫《せま》った「現実の問題」として理解されない面がある。私の場合は、様々《さまざま》な情報を得ることにより、問題の大きさと現実感を知り、自分にできることを実行している。

私が今確実にしているのは、常に〝マイバッグ〟とお箸《はし》を持ち歩くことである。これによってレジ袋や紙袋、そして木の伐《ばっ》採《さい》を減《へ》らせる。面倒《めんどう》といえば面倒だが、慣《な》れるとそれほどのことでもない。外出先で、私が袋やお箸を断《ことわ》ると、店員の中には「いいんですか?」という表情をしたり、意外な顔をする人もいる。また、まわりを見回《みまわ》しても、そんな行動をする人は、まだ数がとても少ない。

もちろん私は「この袋一枚で、このお箸一膳《いちぜん》で、地球環境悪《あっ》化《か》が止められる」とは思っていない。しかし、私のようにささやかなことから、さらにはもっと大きなことまで実行している人が、世界中には沢山《たくさん》いる、と私は近頃《ちかごろ》思えるのだ。だから、悲観《ひかん》はしていない。

人類は今まで様々《さまざま》な危機《きき》に直面してきたが、それでもこうして生き延《いの》びて、現在の繁栄した世界がある。だから、環境問題をそんなに大声で叫《さけ》ばなくても「なんとかなる」と考える人もいるようだ。が、それは表面的な見方ではないだろうか。様々な問題は、危機感をもった少人数の警告《けいこく》によって、大勢《おおぜい》の人々の行動が変わり、解決へと導かれていったのだと私は思う。

若い人の中には、今は目の前の「仕事」「恋人《こいびと》」「将来」のことが自分にとって切実《せつじつ》な問題であり、地球環境問題を考えるのは余裕《よゆう》ができてから、と感じる人もいるだろう。また、問題の重要さは分かっていても、自分の能力をはるかに超《こ》えているから、個人では何もできないと思う人がいるかもしれない。しかし、そんなに大げさに構《かま》えなくてもいいと思う。また、「自分はよいことをしている」と得意《とくい》になる必要もない。実際私は、マイバッグとお箸《はし》を「ゲーム感覚」で、楽しんで持ち歩いている。そして、例えばレストランで隣《となり》のテーブルに座《すわ》った人が、私が持参の箸箱からお箸を出して食事をするのを見て、「自分もやってみようかな」と思ってくれれば、それだけでとてもうれしい。「一膳分《いちぜんぶん》の材木が節約されただけ」と考えれば、寂《さび》しい気持になるかもしれない。しかし、「一人の心が動いた」と考えれば、大きな希望が持てると思う。

一人の人間ができることは小さくても、人の心は通じ合い、善《ぜん》は善を誘《さそ》うものだ。それが積《つ》み重《かさ》なっていけば、やがては大きな力になる。そう考えると、私には勇気が湧《わ》いてくるのである。

超人はどこに？

八月初旬《しょじゅん》、私は青森の八甲田《はっこうだ》から奥入瀬渓谷《おいらせけいこく》のあたりを旅した。私的旅行での青森行きは二回目で、前回は十年前、青森県新郷村《しんごうむら》にあるという〝キリストの墓〟を訪《たず》ねての旅だった。そのときは新郷村の隣《となり》にある十和田市《とわだし》という町の存在に気がつかなかった。今回奥入瀬から車で三十分ばかりで、十和田湖とは反対の方向にあるこの市のことを知った。そこは、新渡戸稲造《にとべいなぞう》ゆかりの地であり、記念館もあるというので出かけることにした。

新渡戸記念館は、稲造個人の業績が展示されているものとばかり思って訪ねたが、そうではなかった。現在の十和田市のあるあたりは、もともとは三本木原台地《さんぼんぎはらだいち》と呼ばれ荒地《あれち》だったらしいが、そこを稲造の祖父・傳《つとう》と父・十次郎が開拓《かいたく》し、現在の十和田市の基礎《きそ》を築《きず》いたという。だから新渡戸家《にとべけ》は十和田市の産《う》みの親ともいえる存在なのである。そのため記念館は新渡戸家三代、傳と十次郎の開拓の足跡《そくせき》、そして稲造の業績が展示されていて、十和田市立であった。

記念館の敷地はゆったりしていて、奥のほうには杉の木立《こだち》が立ち並び、新渡戸家の墓所《ぼしょ》となっている。前方は住宅の庭のように百合《ゆり》や桔梗《ききょう》、キスゲなどの季節の花がつつましく植えられ、その一角に素朴《そぼく》で飾《かざ》り気《け》のない小さな記念館があった。

稲造《いなぞう》は五千円札の肖像《しょうぞう》としてよく知られているが、札幌農学校卒業後、アメリカ、ドイツに留学し、いくつかの大学等で教《きょう》鞭《べん》をとり、多くの人材を世に送り出した人である。また、大正九年（一九二〇）に国際連盟が結成されたときには、事務局次長に任命され、ジュネーブに赴《ふ》任《にん》して、国家間の架《か》け橋《はし》として平和のために大きく貢《こう》献《けん》した。当時の日本人としては傑《けっ》出《しゅつ》した国際人だった。東京帝大（現東大）の入学試験の質問で、稲造が人生の目標として「太平洋の橋になりたい」と答えたのは有名である。私はこの言葉を聞くたびに、心の中に大きなロマンの風が吹くのを感じる。

そんな理想を抱《いだ》いていた稲造だったが、現実には、昭和八年

（一九三三）に日本は国際連盟から脱退し、日米関係は悪化《あっか》していくことになる。日米両国の友好に生涯《しょうがい》をかけたいと願っていた稲造《いなぞう》は、この時期両国の親善《しんぜん》の必要性を強調していた。そして、この年の八月、カナダのバンフで行われた太平洋会議には日本代表として演説を行い、それは成功したのであった。しかし、一ヵ月後には病《やまい》に倒れ、帰らぬ人となった。その後、日本とアメリカは戦争への道に突き進んでいくのである。

一人の人間が大きな志《こころざし》をもって進めば、相当の結果を出すことができる——新渡戸稲造《にとべいなぞう》の生涯《しょうがい》は、それを物語っている。その一方、一人の人間が生涯にできることは限られていることも分かる。こういう現実があるにもかかわらず、人間というものは昔から、超能力者や、世界を救うような指導者が現れて、この世界の苦しみや悩みを一気《いっき》に解決して〝天国〟のような状態を実現してくれる、などと夢見ているところがある。

身近《みぢか》な場所にもそのような物語を求め、テレビドラマの水戸《みと》黄門《こうもん》や大岡越前守《おおおかえちぜんのかみ》、あるいは映画では『007シリーズ』のジェームス・ボンドや『ミッション・インポッシブル』のトム・クルーズの活躍《かつやく》にハラハラ、ドキドキしながらも、胸のすくような思いでハッピーエンドに拍手喝采《はくしゅかっさい》するのである。現実にはそんな単純に物事《ものごと》が解決しないことを知ってはいるが、「正義が勝つ」「味方《みかた》が勝つ」という物語のシンプルさが、心を癒《いや》してくれるからだろう。

どうして人間はこんなにも〝超人〟やスーパーマンを求めるのだろうか。それは人間の中に〝超人の理想〟――何でもできるという無限の可能性への憧《あこが》れが、元々《もともと》あるからではないかと思う。そして、だれもが自分の中の理想を実現したいと願っている。しかし、そのために努力できる人と、できない人がいる。「できない」とあきらめてしまう理由は、今の自分の不完全さを見て、「この私が何を……」と考え、消極的《しょうきょくてき》になってしまうからだろう。また、自分の理想や夢は、「自分の目でその実現を確認できなければ意味がない」と思うことにもよる。私自身もそのように考えたことがあったからよく分かるが、自分が生きている間に理想が叶《かな》わないと思われた時、それに向かう気力が萎《な》えてしまいがちだ。

新渡戸稲造《にとべいなぞう》は「太平洋の橋」になりたいと願って、そのために自分はどう勉強し、どう努力をしなければいけないかを、常に考え実践《じっせん》したことだろう。それは、彼が自分の力を信じることができたからだと思うし、何よりもキリスト教にもとづく人間平等の信念——日本人もアメリカ人も同じ人間だという信念があったからではないか。また、結果がどうあるかではなく、理想の実現の過程《かてい》に、信仰者として喜びを感じていたからではないだろうか。

持続《じぞく》する力を与えてくれるのは、結果を求めるのではなく、今何をするかに焦点《しょうてん》を当てて生きることなのだろう。一人の人間が大きな理想を抱《いだ》いて懸命《けんめい》に生きるとき、必ずその姿に感動し、志《こころざし》を継《つ》いでくれる人が現れる。こうして大きな理想は一人の生涯《しょうがい》で実現しなくても、何代にもわたって受け継《つ》がれていく。そう思えば、理想をもつことは、希望に満ちた生《い》き甲斐《がい》のある人生を送る秘訣《ひけつ》となるのである。

いきなり私的な些事《さじ》を言うようで気が引けるが、私の理想の一つは、英語をもっと話せるようになることである。そして毎朝、朝食等の準備などに入る前の五時半から三十分間、英語の新しい単語二十語を勉強することにしている。これらの単語は、朝しっかり頭に入ったように思っても、数日たつと忘れていたり、他の単語の記憶と混《ま》じり合っていることが多い。しかし何度も繰《く》り返《かえ》せば頭の中に定着するはずだと、めげずに勉強を続けている。誰《だれ》かにそうしろと言われたわけではない。しかし、始めた以上は続けたいと思う。

こうして私を努力に向かわせるものは、私の中の理想である。自分の願いがはっきりしていると、時には困難《こんなん》と思えることでも、それに向かう意欲が湧《わ》いてくるものだ。世界を一気《いっき》に理想の状態にしてくれる〝超人〟はいなくても、私たち一人一人が共通の理想を掲《かか》げて生きることにより、時間はかかっても〝超人的〟な仕事は可能なのである。

ひと筋の光

毎朝、新聞を開くとまず目に飛び込んでくるのは、世界情勢や国内政治、あるいは傷害や殺人事件などの良くない出来事《できごと》がほとんどである。こんなにも人々は日々世の中の悪い事柄《ことがら》にさらされている……と思う。にもかかわらず、多くの人々は前に向かって積極的に歩《あゆ》もうとしているのだから、人間は本来楽観《らっかん》主義者《しゅぎしゃ》なのだろう。そんな感想が心の中に起こってくる。

新聞やテレビ等のマスコミから流されるニュースは、人の心を暗くするし、まだ起きてもいない悲劇が自分の身の回《まわ》りに起こるかもしれないという、漠然《ばくぜん》とした不安をかきたてるものである。私は、そのような新聞の記事はなるべく事実関係の情報を知るだけにして、もっと建設的な、他の明るい記事に注目するようにしている。新聞には、戦争やテロ、災害や事件が大きく取り上げられるが、それ以外にもいろいろ勉強になることや、心に沁《し》みること、あるいは世の中の良い出来事も載《の》っているのである。そういうものが、毎朝各家庭に配《くば》られるのだから、便利で大変ありがたいことである。

九月二日（二〇〇六）、私は『産経新聞』に「忌《い》みことば」について書かれた記事、『朝日新聞』には「虫に心が癒《いや》された」という記事を見つけた。

最初の記事は家庭面の「食卓の雑学」というコラムで、短いながらとても参考になった。

日本には古くから不吉《ふきつ》な意味を連想させる言葉を避《さ》ける風習《ふうしゅう》がある。それらを「忌《い》みことば」という。例えば、「終わる」ことを「お開きにする」と言い、植物の「葦《あし》（悪《あ》し）」を「よし」と呼び、梨《なし》の実は「無《な》し」に通じると考え、「ありの実」と言い直《なお》したりする。私は最初この「ありの実」の意味がわからず、梨の実は甘いので昆虫の蟻《あり》がつくからだろうか、と見当違《けんとうちが》いのことを思い、変な呼び方だと思った。しかしこれは「無し」の反対語「有《あ》る」から来ているのだ。また、祝い事によくつかわれる「刺《さ》し身《み》」は、「身を刺《さ》す」との連想から「お造《つく》り」と言い直《なお》す。普段《ふだん》はあまり気に留《と》めないで使っていた言葉の背後《はいご》に、

ひと筋の光

そんな配慮《はいりょ》があることを思うと、古い言葉が新鮮味《しんせんみ》を帯《お》びてくるものである。

日本では古来から、言葉には不思議《ふしぎ》な力があると考え、言霊《ことだま》と呼んできた。「言葉には魂《たましい》が宿《やど》る」と考えるのである。だから、不吉《ふきつ》な連想が生じる言葉を使わないように、違《ちが》う表現が生み出されてきたのである。それとともに神聖なものを汚《けが》さないために、直接言葉に出さないものも、「忌《い》みことば」にはあるということだ。

生長の家では、言葉には物事《ものごと》を生み出したり、変えていく力があることを認め、それを「言葉の創化力《そうかりょく》」と呼んでいる。「言葉の実現力」といってもいい。このことは、今では広く一般に理解されていて、夢や希望を実現するために、積極的な言葉を使ったり、自己暗示《じこあんじ》を与えることなどが実践《じっせん》されている。またスポーツでの理想的なフォーム、難《むずか》しい技《わざ》が成功する様子《ようす》、物事《ものごと》が成就《じょうじゅ》する姿を頭の中に描《えが》くイメージトレーニングは、運動選手などがよくしていることである。このような声を出さない心の動きも含《ふく》めた言葉の力は、古くから信じられ、今はさらに応用範囲を広げて実践されている。わずか二十行の記事から、私は色々なことを連想し、考えを深めることができた。

同じ日の『朝日』の「ひととき」欄《らん》は、日常の暮らしの中の心に沁《し》みる話だった。投稿者は山梨県中央市の中込昭子さんという当時五十六歳の主婦である。

この主婦はお盆《ぼん》が近づいたある日、ベランダで洗濯物《せんたくもの》を干《ほ》していると玉虫《たまむし》が飛んできたので、両手でそっと包《つつ》み込み、息子《むすこ》に声をかけると彼は携帯電話のカメラで撮《と》ったという。その時ふと、その年の四月に亡《な》くなった自分の夫が、この虫に姿を変えて来てくれたように思ったそうだ。生前《せいぜん》夫は自然や生き物が好きで、二人で玉虫を話題にしたこともあったからだ。「お父さんなの？　帰ってきてくれたの？」と声をかけ、「私たちの所へまた来てね」と言いながら、窓から放《はな》してやった。その日から一週間以上、玉虫は毎日二人の前に現れ、そしてすぐ近くにとまったり、部屋の中を旋回《せんかい》したりした。家の中へ入れて新盆《にいぼん》の飾《かざ》りを見せ「何とかがんばってやっていますよ」と言って外へ出そうとしても、飛び立たなかったそうだ。亡《な》くなった夫が、寂《さび》しさと悲しみに沈《しず》んでいる自分を励《はげ》ましに来てくれたように思えてならなかったという。しかし、八月十五日の夕方、その虫は玄関から飛んで行ったまま、姿を見せなくなった。まだ落ち込む事もあるそうだが、前向きにやっていこうと思えるようになったというのである。

人の心が謙虚《けんきょ》になり、物事《ものごと》を敏感《びんかん》に捉《とら》えようとしているときには、人間は、小さな虫からでも生きる勇気や意欲を与えられるものなのだろう。玉虫がこの人の夫の化身《けしん》であるかどうかはわからないが、玉虫を通して夫の魂《たましい》が存在し、自分たちを見守ってくれていると感じられたから、前向きに生きていく気持が湧《わ》いてきたのだろう。中込さんと玉虫との交流は、美しく切《せつ》ないドラマを見るようで、私の心に深く残った。「元気に生きてくださいね」と心からエールを送った。

人の日常は、こうして「言葉」を介《かい》して善《よ》いものに触《ふ》れることで、心の安らぎや生きる希望を与えられるのである。しかし、その一方で、「心の平安」は、また壊《こわ》れやすいものでもある。同じ言葉が、人に不安を与えることもできるのである。

悲劇や事故や悪事《あくじ》が私たちの周《まわ》りに現実にあるから、不安になると人は思うかもしれない。しかし、この「ひととき」欄《らん》の中込さんのように、自分の心に一筋《ひとすじ》の光明が射《さ》せば、心を変化させることはできる。問題は、光明をどこに見るかである。

心に光を射《さ》し込ますものは、私たちの周囲にいくらでもあると思う。静かに周囲を観想《かんそう》すれば、目に見えるもの、見えないものすべてに支《ささ》えられて、私たちは今日も「生かされている」ことに気づく。まったく「当《あた》り前《まえ》」なこと——空がきれいだということ、そこに花が咲《さ》いていること、仕事があるということ、家族がいるということ——を、心の底から喜んで受け止めてみよう。そのとき心の不安は消え、不安な出来事も影《かげ》を潜《ひそ》めてしまうものだ。

玉虫《たまむし》が来なくてもいい。鳥のさえずりや友人からの便《たよ》りでもいい、目の前の当り前を言葉で反芻《はんすう》し、珠玉《しゅぎょく》のものとして味わう生き方。そこから光明生活は始まるのだと思う。

嵐の中で

二〇〇六年の秋、北海道北見市《きたみし》で生長の家の講習会があった。北見市は北海道の北東部に位置し、北にオホーツク海があり、監獄《かんごく》で知られる網走《あばしり》も車で一時間くらいの距離にある。かつてはハッカの生産量世界一を誇《ほこ》ったそうだが、現在はタマネギの大生産地で、他にはビート（砂糖大根《さとうだいこん》）や、オホーツク海で養殖《ようしょく》されるホタテも名産品となっている。今回も青々とした葉の茂《しげ》るビートの畑を何ヵ所も見ることができた。

私は昔、日本原産の砂糖は、沖縄のサトウキビから作られるものしかないと思っていた。けれども五年前、地元の人から北見地方で生産されるビートから作られる砂糖も市販《しはん》されている、と聞いた。東京に帰り北海道産の砂糖を捜《さが》したら、以前から目にしていたものが、北海道のビートの一種から作られたものだということがわかった。以来、私は時々北海道産の砂糖を求めることにしている。

この度《たび》の北見への旅は、しかし少し波乱《はらん》に満ちたものだった。北見に行くには女満別《めまんべつ》空港が一番近く、そこから北見市の中心部までは、一時間くらいのドライブである。講習会は十月最初の日曜日にあり、前日の土曜日に、夫と私は秘書の人と三人で羽田空港に向かった。前日の東京は台風並《な》みの低気圧が通過したため、強い雨と激しい風が吹き荒れた。が、土曜日の東京の街《まち》は、地上の塵《ちり》がすっかり吹き清められて、高速道路から見ると、澄《す》んだ空気の中、高層ビル群がくっきり浮き出て見えるさわやかな日だった。ところが、空港に向かう車の中で聞かされたのは、低気圧が北上したため女満別《めまんべつ》空港は天候不良で、万一《まんいち》の場合は着陸せずに羽田《はねだ》に引き返すか、千歳《ちとせ》に代替《だいたい》着陸する可能性もあるという話だった。

講習会は全国の都市で一年に約三十回行われるが、大抵《たいてい》天候に恵《めぐ》まれる。台風が除《よ》けてくれたり、低気圧の張り出し方が予想と違《ちが》ったりするのだ。そんなこともあって、今回も悪天候《あくてんこう》の予報だったが、私は「何とかなるだろう」と気軽《きがる》に考えていた。ところが実際は、私たちは低気圧に向かって飛んで行くことになった。

生長の家の講習会のためには、多くの人が何ヵ月も前から準備に取りかかり、当日は数千人の人が集まる。だから私たちは、大げさでなく、文字通《もじどお》り「万難《ばんなん》を排《はい》して」現地に行かなければならない。この日も万《まん》が一《いち》、女満別《めまんべつ》空港に着けなくても、札幌《さっぽろ》の千歳《ちとせ》空港にでも降りることができれば、後は列車でもバスでも乗り継《つ》いで北見《きたみ》まで行くつもりだった。また、飛行機が羽田《はねだ》に引き返した場合のことも考えて、夕方の羽田－千歳便の予約を取ってもらった。千歳から北見までは四～五時間かかるから、深夜に北見到着の可能性も覚悟《かくご》していた。こうして、とりあえずは女満別行きが無事《ぶじ》着陸することを願いつつも、そんな様々《さまざま》

な事態《じたい》を考えて、私は取《と》り越《こ》し苦労《ぐろう》気味《ぎみ》だった。そんな私に夫は、

「エキサイティングじゃないか」

と言って、気持をほぐしてくれた。

羽田十二時十五分発の女満別《めまんべつ》行きは、定刻よりやや遅《おく》れて離《り》陸《りく》した。大型の低気圧に向かっての飛行だから、大きな揺《ゆ》れを予想していたが、意外《いがい》なことに飛行機はほとんど揺《ゆ》れず、安定して飛び続けた。離陸から一時間少したった一時三十分頃、シートベルトの着用サインが点灯《てんとう》し、飛行機は着陸態勢《ちゃくりくたいせい》に入り降下し始めた。窓の外は真《ま》っ白《しろ》な厚い雲に覆《おお》われて何も見えない。私は何とか無事《ぶじ》に着陸してくれることを願った。一時四十分頃には雲の間から時おり地面が見え、やがて海岸線も姿を現した。

これならば着陸できるかもしれないと私は思った。しかし行く手には雲の固《かた》まりがまだ沢山《たくさん》見える。飛行機はエンジンを普段《ふだん》より強く噴射《ふんしゃ》させている音がするから、懸命《けんめい》に強風に向かっているのだ。そうこうするうちに、雲が切れて大地が見え、空港の滑走路《かっそうろ》が視界に入った。私が「大丈夫《だいじょうぶ》だろうか」と思いながらアームレストに置いた手に力を入れる中、飛行機は強い横風を受けながら女満別《めまんべつ》空港に着陸した。意外《いがい》にも、予定より五分早かった。

飛行機の車輪が地面に着いた瞬間、夫と私は拍手《はくしゅ》をした。「よくぞ着陸してくれた」――そんな思いが強く起こったので、自然に拍手が出たのである。静かな機内に二人の拍手が響《ひび》いた。

夫は、前席にいた秘書のTさんに「おめでとう」と言って手を差し出した。Tさんは、代替《だいたい》の便の予約などに走り回《まわ》ってくれたからだ。満席に近い乗客の中で声を上げたのは、私たちだけのように見えたが、他の人達もきっと安堵《あんど》していたに違《ちが》いない。

終ってしまえば、ただそれだけのことである。心配は杞憂《きゆう》にすぎなかったが、このスリリングな状況は、実はもう一日続いたのだ。というのは、講習会当日が前日よりさらに激しい風雨となったからだ。しかしそんな天候にもかかわらず、大勢《おおぜい》の方が講習会に参加してくださったことは、本当にありがたいことだった。外は嵐《あらし》でも、講習会場は熱心に話を聞いて下さる人々により、落ち着いた和《なご》やかな雰囲気《ふんいき》の中でプログラムは予定通りに進行した。

講習会終了後は、条件のいい旭川《あさひかわ》空港へ行く案も考えられたが、車で三時間近くかかる。悪天候《あくてんこう》とは言っても女満別《めまんべつ》空港は閉鎖《へいさ》されていなかったから、空港関係者の判断に賭《か》けて、同空港で羽田《はねだ》からの到着便を待つことにした。そんな思いで空港に向かう車中、途中《とちゅう》の道路が陥没《かんぼつ》して通行止めだから迂回路《うかいろ》を行くようにとの連絡も入った。車のフロントガラスに叩《たた》きつける雨で視界は悪かったが、収穫《しゅうかく》を終えたばかりの広大なタマネギ畑は水に浸《つ》かり、大きな池があちこちにできているのが見えた。

最後の最後まで不安定な状況に置かれたが結局、羽田から到着便は無事《ぶじ》着陸し、私たちの搭乗機《とうじょうき》も離陸《りりく》して、予定通り東京に帰ることができた。

東京の家に帰り着いたとき、夫は、

「今回はなんだか大仕事をしたような感じだね」

と言った。

困難《こんなん》な状況はできれば避《さ》けたいと思うものだ。けれども過ぎてみれば、様々《さまざま》な困難を乗り越えたという不思議《ふしぎ》な達成感があった。そして、「やはり幸運だった」との感謝の思いに包《つつ》まれた。

紅葉《こうよう》

私の住んでいる東京・原宿の表参道《おもてさんどう》の欅並木《けやきなみき》は、真夏《まなつ》の暑い日々には大きく枝を広げて涼しい木陰《こかげ》を作ってくれるが、秋も深まる十一月中旬ともなると、葉が少しずつ色づいてくる。天気の良い日には、欅《けやき》の黄色い葉と青い空が穏《おだ》やかでやさしいコントラストを見せ、この広い通りを歩く私の心をなごませてくれる。しかしそれから半月もたたないうちに、それらの葉っぱはみな木から離れ、すっきりとした裸木《はだかぎ》となる。寒々とした風景ではあるが、町はクリスマスとお正月を控《ひか》えて華《はな》やかに飾《かざ》られ、冬枯《ふゆが》れの町にきらびやかな装飾《そうしょく》がほどこされた様《さま》は、年《とし》の瀬《せ》にふさわしい雰囲気《ふんいき》を醸《かも》し出す。

この道は名前の通り、明治神宮の正面入口へと向かう参道《さんどう》で、年末から新年にかけては中央分離帯ぞいに日章旗《にっしょうき》がずらりと掲《かか》げられ、それはまた清々《すがすが》しくさわやかな日本の風景になる。けれどもこの通りほど国籍不明で、どこの参道か分からなくなる道も珍《めずら》しいだろう。

「日本らしい」という感覚は、見る人の基準によって違《ちが》うだろうから、簡単に使うことはできない。それでも原宿の表参道《おもてさんどう》に見られる、日本と西洋を混《ま》ぜ合わせた国籍不明の光景は、一般には「日本らしくない」と言われるだろう。その反面、日本人は昔から沢山《たくさん》の外国の文化を取り入れて、長い年月をかけて違《い》

紅葉

和《わ》感《かん》を覚えないほど同化させてきたのだから、混《ま》ぜ合わせが「日本らしい」とも言えるのである。

その前年十月半ばに、島根県の出雲《いずも》に行った。陰暦《いんれき》十月は日本では「神無月《かんなづき》」という。ところが島根では「神在月《かみありづき》」というと島根県の人から聞いた。これは一種のお国自慢《くにじまん》であろうかと思っていたが、辞書を調べてみると、「一説には」と注《ちゅう》がありながらも、「日本国中の神々が出雲大社《いずもたいしゃ》に参集する」と書かれてあった。それも、室町《むろまち》時代あたりからそのようなことが言われるようになったらしい。実際、出雲大社には本殿の両脇に小さなお社《やしろ》が長屋かアパートのように並んでおり、普段《ふだん》の月は戸が閉《し》められているが、陰暦十月には、それらの戸が開けられる。全国から出雲に参集した神々が、そのお社《やしろ》に入るからという。

そんな説明を聞いていた時、夫が、

「外国の神は来られませんか？」

と聞いた。

「そのような話は聞きません」

やや困惑気味《こんわくぎみ》に、案内の人は答えた。

出雲大社《いずもたいしゃ》に神々が参集するのは神道の神に限っての話だから、神在月《かみありづき》はまだ〝国際化〟していないのである。しかし、それは出雲大社の事で、島根へ行った次の週に訪れた和歌山は、仏教伝来以降の「神仏習合《しんぶつしゅうごう》」の信仰が根強く残る土地なのだった。

神仏習合については、私は多分《たぶん》高校の日本史の時間に学んだ。

が、記憶の中からはすっかり抜《ぬ》け落ちていた。それを改めて知ったのは、その二年前の生長の家の教修会《きょうしゅうかい》でのことである。

簡単に言えば、インドで生まれた仏教の仏と、日本固有の信仰である神道の神はもともと同じで、それが違《ちが》う土地に表現を変えて現れたもの、という考え方である。このような神仏《しんぶつ》習合《しゅうごう》、本地垂迹《ほんちすいじゃく》の思想が、日本では古くから取り入れられてきたのだから、現在の多文化混合の風潮《ふうちょう》があながち特異《とくい》というわけでもないのである。

神々のことは専門的で取りつきにくいが、食事にも同じようなことが言える。日本の家庭料理には、外国のものを気軽《きがる》に取り入れる姿勢《しせい》がよく表れている。ラーメンやカレーはその代表選手のようなもので、今やカレーは〝お袋の味〟の一つになっている。カレーに限らず、日本の家庭の台所では様々《さまざま》な外国発祥《はっしょう》の料理が、どこの家でも普通に作られる。これは、世界の中では珍《めずら》しいことだ。そのため、日本の家庭の台所には調理器具から食器に至るまで、種々雑多なものが収《おさ》められ、まるで万国《ばんこく》博覧会《はくらんかい》なのである。

宗教と家庭料理を並べて話すには、次元が違《ちが》いすぎると思われるかもしれないが、どちらも人の生活に欠《か》くことのできない、身近《みぢか》で重要なものである。日本人がなぜこのように外国の文化を柔軟《じゅうなん》に受け入れてきたのかは、専門の学者によって研究がなされていると思う。私はそのような学問的なことはわからないが、外国の文化を知るということは、日本人に限らずどこの国の人にとっても、興味《きょうみ》深く楽しいことだと思う。

私が小学生のころに、国際線のスチュワーデスになりたいという夢を持ったのは、まさにそのような好奇心《こうきしん》からだった。高校卒業後に夢が実現して世界各地を訪《おとず》れることができたのは、今から三十年以上前のことである。私が一番楽しみにしたのは、空港からホテルまでの車窓《しゃそう》から、人々の暮らしを垣間見《かいまみ》ることだった。家のつくり、人々の服装、顔立ち、畑に植えられている作物、子供たちの様子《ようす》、花や木、どれも珍《めずら》しく、その間私の心の中には様々《さまざま》な思いが起こり、時には自分の家族のことや、友人、社会、国のことまで考えが無限に広がっていくのだった。

その時間がとても楽しく貴重《きちょう》だった。

臨時便《りんじびん》でスリランカのコロンボに行った時のことは、よく覚えている。何も無い広場のようなところに飛行機が着陸したのには驚いた。町までは一時間半以上かかり、舗装《ほそう》されていない道路を牛がのんびりと行き、鶏《にわとり》がそこいらを歩いていた。裸足《はだし》の人が日に焼けた顔で、木綿《もめん》の着物かワンピースのようなものを着て、背中に籠《かご》をしょって歩いていた。粗末《そまつ》な作りの家には、電気製品はほとんど無いだろうと思われた。そんな光景に目を凝《こ》らしていると、そこはどういう時代のどこなのか、一瞬わからなくなった。

北欧《ほくおう》やドイツでは、家々の窓には冬でも花が飾《かざ》られ、窓は通りを行く人を楽しませるように、飾られていた。窓にかけるレースのカーテンも個性的で、フリルの付いたものをドレープ状にかけている窓の隣《となり》では、幅広《はばひろ》の重厚《じゅうこう》なレースが施《ほどこ》されたものを、シンプルに半分くらい下ろしているところもあって、それぞれが絵になる風景だった。自分の暮らしとは違《ちが》う感性、文化の程度、それらに接することは、心の視野《しや》を広げてくれ、楽しいことである。

このように思う私であるが、家の近所で花やパン、野菜などを買って表参道《おもてさんどう》を歩くとき、実は不安になることがある。外国のブランド店が軒《のき》を連《つら》ね、人々が各地から繰《く》り出《だ》すこの町は、いったいどこへ行こうとしているのだろうか、と思うのである。

「どこへ行くのか？」という不安は、世間《せけん》の大きな流れの中にいれば、自分とて例外ではないという内側に向かった不安でもあるのだ。

しかし前述したように、空を見上げれば、地上の喧騒《けんそう》をよそに、黄色い欅《けやき》と青い空は大きく美しく広がっているのである。物質的な物事《ものごと》の表面に心を惑《まど》わさず、内面的な豊かさを大切にすれば、過去の日本人が積極的に外国の文化を取り入れ、調和させたように、今を生きる私たちもこの時代にふさわしい役割を生きることができるだろうと、心の落ち着く所を見出して、安心するのである。

因果《いんが》昧《くら》まさず

南米チリの元大統領、ピノチェト氏が二〇〇六年十二月十日に亡《な》くなった。九十一歳だった。ピノチェト氏は一九七三年、軍事クーデターを起こして当時の社会主義政権を倒《たお》し、十七年間にわたりチリに軍事独裁体制を敷《し》いた。その間、大統領として左派勢力、反体制派を徹底的に弾圧《だんあつ》し、死者、行方不明者《ゆくえふめいしゃ》は、三千人に及《およ》んだという。一九九八年には人権侵害の罪でロンドンで逮捕《たいほ》されたが、二〇〇〇年に健康上の理由から釈放《しゃくほう》され、チリに帰国した。その後、殺人や拷問《ごうもん》、横領《おうりょう》などの罪で起訴《きそ》されたが、やはり健康上の理由から裁判は中止されていた。そして、罪を裁《さば》かれないまま心不全で亡《な》くなった。

ピノチェト氏の罪は、はたしてどうなるのだろうか。彼は裁かれないまま死に、罪を免《まぬが》れたことで幸運だったのか？——そんな疑問が、氏の死去《しきょ》の報に触《ふ》れたとき、多くの人の心の中に浮かんだのではないだろうか。

私も漠《ばく》然《ぜん》とした不公平感のようなものを感じた。ピノチェト氏に限らず、殺人や強盗《ごうとう》を起こした犯人が捕《つか》まらないまま、事件は時効《じこう》を迎えることもままある。こういう場合、私たちの心の中には、犯罪者がどこかでのうのうと生きていることに対し、何か釈然《しゃくぜん》としない憤《いきどお》りの感情が起こってくるものである。悪が栄《さか》え、正義が滅《ほろ》びるのでは、この世に神も仏もないということか？　もし神仏があるなら、この不合理はなぜか？　このような感情は、すべての人がもっている自然な正邪《せいじゃ》の判断から来るものだろう。

罪を犯《おか》しても捕《と》らえられず、その罪を裁《さば》かれないことは、しかし本当に「幸運」なのだろうか？　この問いに答えることは、人生を生きていく上で大変重要なことだと思う。そのためには、人生について の確かな考えがなければならない。すなわち「人間とは何か」ということである。

人間の命が、肉体をもった期間だけのもので、肉体の死と共に、生前《せいぜん》の行いはすべて無に帰《き》してしまうと考えると、悪事《あくじ》を犯しても バレなければ儲《もう》けものという考えが生まれてくる。その結果、悪を犯《おか》し裁《さば》かれない人の存在に対しては、不公平感や釈然《しゃくぜん》としない思いも出てくる。

一方、肉体の生死にかかわらず、一人一人は個性をもった命として生き続けるという人間観、人生観に立つと、考え方は随分《ずいぶん》変わってくる。肉体の死が終りではなく、肉体は死んでも命は生き続けるとすると、自分の犯した罪はどこどこまでも続き、決して責任を逃《のが》れることはできないことになる。すると、裁《さば》かれずに死んでいったピノチェト氏も、自分の犯した罪は、肉体の死を超えて償《つぐな》わなくてはならないということになる。

どちらの考え方が、この世で懸命《けんめい》に生きる人間にとって理にかない、納得《なっとく》できるものかというと、後者の「肉体の死が人間の終りではない」という考えだと私は思う。

ここで二つの例を考えてみたい。

ある男――A氏は、リストラされ生活に困《こま》って泥棒《どろぼう》をしたとする。しかしただの一回目で、運悪く警戒中《けいかいちゅう》の警官と遭遇《そうぐう》し、捕《つか》まってしまう。彼は生活に困ったとはいえ、泥棒をすることが社会的にはどんな扱《あつか》いを受け、自分自身もみじめになり、人間の尊厳《そんげん》も何もなくなるものであることを身にしみて感じた。収監《しゅうかん》され短い刑期を終えたその男は懺悔《ざんげ》し、どんなに困っても二度とこのようなことはしないと誓《ちか》い、新たな人生を歩み出した。色々困難《こんなん》なこともあったが、周囲の人の協力も得て何とか乗り越え、仕事も見つかった。再犯《さいはん》しなかったことが幸《さいわ》いした。今では自分と同じような境遇《きょうぐう》の人の更生《こうせい》のために、休日はボランティアとして活動している。
もう一人の男――B氏も、やはり生活に困《こま》り泥棒《どろぼう》をした。彼の場合は〝幸運〟で、押し入った家では大金が簡単に盗《ぬす》める場所にあり、家人《かじん》にも見つからず、難《なん》なく逃《に》げ出すことができた。思いがけない大金を手にすると、お金が無くて困っていた自分の生活が、嘘《うそ》のように思えた。危険を冒《おか》して手に入れたお金ではあったが、彼にとっては想像したより楽な仕事だった。彼には家族がいたが、妻は夫の給料が上がったと思った。そして子供たちも、自分の家は金持《かねもち》だと思い、色々なものを欲しがったから、彼はそれを与えた。真面目《まじめ》に働いて得たお金ではないから、扱《あつか》いがいい加減《かげん》になったのだ。そして、お金がなくなるとまた、泥棒《どろぼう》をする。こういう生活を、彼は繰《く》り返《かえ》した。なぜかいつも調子よく、捕《つか》まるような危険な場面にも遭遇《そうぐう》しなかった。自分はもしかしたら、「神に導かれている」のかもしれないなどと思うほどだった。

用心深い彼は注意してことに当たったが、あまり毎回上手《うま》くいくので、いつしか心に隙《すき》ができた。いつもなら丹念《たんねん》に下調《したしら》べをして、警官の見回りの状況、交番の位置なども確かめるのに、ある時それを怠《おこた》った。彼が泥棒に入ろうとして塀《へい》を乗り越えたまさにそのとき、後《うし》ろから警官の懐中電灯《かいちゅうでんとう》に照らされた。そして捕《つか》まってしまったのである。その間、五年の歳月《さいげつ》が流れていた。

　この五年の間、実は彼は何度も泥棒《どろぼう》をやめようと思ったのである。贅沢《ぜいたく》が身についた二人の子供は、怠《なま》け者になり、真剣に勉強もしなくなった。彼には秘密があったから、妻とも心が通《かよ》わない。しかし今さら何をして生きていけばいいのか？……そんな思いが、「やめよう」と言う彼の良心のささやきを打ち消してしまうのだった。

　彼が捕《と》らえられると、家族は住んでいた町では暮らせなくなり、生活は破綻《はたん》した。そして彼は、重い罪を償《つぐな》わなくてはならなかった。

この二つの場合、〝運悪く〟一回目で捕《つか》まったA氏の方が、盗《ぬす》みを続けられたB氏より、よほど〝幸運〟と言えるのではないだろうか。悪いことがすぐバレ、すぐに罪を償《つぐな》えたからだ。B氏の方は、なかなか捕《つか》まらなかったから、罪を重ねてしまい、その償いには多くの代償《だいしょう》が要求されるだろう。

B氏の場合、ピノチェト氏のように罪を免《まぬが》れたまま死んだわけではないが、「因果《いんが》の法則」は生死を超《こ》えて働き、人間は永遠に生き続ける命であると知れば、私たちは目先《めさき》の損得《そんとく》にとらわれる必要のないことがわかる。このことから、どんなにささやかなことでも、積極的に「善《よ》いこと」を行うという大変シンプルな生き方が、推奨《すいしょう》されるのである。

いいこと探《さが》し

二〇〇七年（平成十九年）の正月は二日に少し雨の降った所もあったが、関東から南の太平洋側は全般的に好《よ》い天気に恵《めぐ》まれ、暖《あたた》かだった。私は、二日にふるさとの伊勢《いせ》に家族五人で里帰りし、三日には伊勢神宮に初詣《はつもうで》に出かけた。前日の雨とその日の暖《あたた》かな好天のせいか、参拝客は例年になく多く、正殿《せいでん》にお参《まい》りするための石段下《いしだんした》の人の列は、前年の倍近くあるように思われた。

参道を歩きながら、私は「暖かくてよいお天気でいいね」などと言ったが、妹の一人は「あまり暖かいと不安だ」と言った。温暖化の影響で、気候が変わってきているからである。それは深刻《しんこく》な問題であるが、そんなことを考えなければ、幸先《さいさき》の良い一年のスタートを予感させる穏《おだ》やかな新年の始まりだった。

加えて、その年の正月は私にとって特別な〝始まり〟だった。昨年初めて発行された『日時計日記』（生長の家刊）をつける新しい経験が待っていた。この日記帳のことはすでにご存知《ぞんじ》の方も多いと思うが、自分の身の回《まわ》りに起こる出来事《できごと》の中から良いことだけを見つけ出して、記録する日記のことである。私たちの日常では、ともすれば「良いこと」は当《あた》り前《まえ》として看過《みす》ごされ、「悪いこと」や「不足《ふそく》のこと」に意識が行きがちである。また、マスコミも社会の不幸な出来事を、もう聞きたくないと思うほど繰《く》り返《かえ》して報道する傾向《けいこう》が強い。そんな情報に触《ふ》れ、「不足」を思う生活を送っていると、良いことを見つけ出して日記につけるには、少し努力と練習がいる。けれども自分の人生を明るく積極的に、幸福なものにしたいと思う人にとっては、『日時計日記』をつけることは、大きな助けになるに違《ちが》いない。

この日記のことを考えていて、思い出したことがある。それは私が小学校高学年から中学生の頃に読んだ『少女パレアナ』という小説である。いまは改訂版が出ていて、少女の名前も「ポリアンナ」に変わっている。小説の主人公パレアナは、どんなに悪い、困難《こんなん》な状況でも、その中から良いことを見つけ出そうとする。その明るい積極的な性格が、読む人を魅了《みりょう》するのである。

この本は小、中学生の女の子に人気があり、私の友人の間でも、

本を読む人はたいてい「パレアナ」を読んでいた。

パレアナはどんな気難《きむずか》しい、人から嫌《きら》われているような人とでも先入観《せんにゅうかん》なく接し、相手の心を開かせて仲良くなれるのである。少女の私は、彼女のように生きることができたらどんなに良いだろう、と思ったものである。今になって読み返すと「物事《ものごと》はそんなに上手《うま》くいかない」などという声が聞こえてきそうだが、当時の私には、パレアナはいわば〝スーパーヒロイン〟だった。

パレアナがこのようなものの見方をするようになったのは、父親のおかげだった。彼女の母親は、両親の反対を押し切り、理想と情熱に燃えた牧師《ぼくし》と結婚した。そして伝道師《でんどうし》の妻として、アメリカの東部から南部に行った。けれどもその母はパレアナが幼い頃に亡《な》くなり、当時小さな教会の牧師だった父と二人残された。教会は貧《まず》しく、何か物が必要なときはキリスト教関係の本部かどこかに願い出なければならない。すると、教会本部は寄付されたものの中から、何かを適当に送ってくるのだった。

あるときパレアナは「人形《にんぎょう》がほしい」という願いを出した。しかし実際に送られてきたのは、人形ではなく松葉杖《まつばづえ》だった。がっかりするパレアナを前にして、牧師の父は「喜びを発見するゲーム」というのを教えた。それは、「何にでも喜びを見出《みいだ》す」ことをゲームにして楽しむのである。松葉杖《まつばづえ》の場合は、「使う必要がないから、うれしい」と考えるのだ。それ以来、パレアナは父とそのゲームを続けることになる。

ところが、パレアナが十一歳のときその父も亡《な》くなり、彼女は母の妹に引き取られるのである。様々《さまざま》な困難《こんなん》に遭遇《そうぐう》するが、彼女は根気よくこのゲームを続け、積極的な明るい生活を送るのである。

私たちの毎日の生活も、特別なイベントでもない限り、そうそう楽しいことばかりではなく、気がかりなこと、心配なことが多くあると感じられるかもしれない。けれども「必ず良いことを日記に書こう」と心に強く誓《ちか》い、「いいこと探《さが》し」の心を保《たも》っていると、良いことはいくらでも出てくるものである。

私のある日の出来事を朝からたどって書いてみると、こんな風である——いつものように元気に目覚《めざ》めて、夫と共に神想観《しんそうかん》（生長の家式瞑想《めいそう》）をした。六時半には隣《となり》の両親の家へ行き、朝のお参《まい》りをし、母と昨日《きのう》の出来事などを色々と話した。その後、父に朝のご挨拶《あいさつ》をした。前夜は良く眠《ねむ》れたという父の顔の血色《けっしょく》は、とても良かった。正月休みも終わり、朝食は久しぶりに夫と二人でする。夫がコーヒーを淹《い》れ、牛乳を温《あたた》め、果物《くだもの》を剝《む》いてくれた。雨の降るとても寒い朝だったが、夫は元気にお弁当を持って出勤した。その後買い物に出かけた私は、デパートの手押しのドアのところへ行く。すると、前を歩いていた小学校四、五年の男の子が、ドアを押さえて待っている。私は「今どきこんな子供もいるのだ」とうれしく思い、彼に「ありがとう」

とお礼を言った。

午前中の「よい出来事」だけでもこんなに沢山《たくさん》あって、日記の狭《せま》いスペースには書き込めないほどである。特別なことは何一つないが、それらを書くことによって、日常の忘れ去られる細々《こまごま》とした「良いこと」が深く印象づけられる。すると、平凡《へいぼん》で単調だと思っていた日々が、多くの恵《めぐ》みに満たされ、かけがえのない日であることに気がつくのである。

私もかつては、喜びや楽しいことは「外からやってくる」と思っていた。なぜなら喜びや楽しみは「特別」だと考え、何か非日常で、特別に大げさなものだと思っていたからである。しかし喜びや楽しみは、本当は自分自身の日常の中にある。それは誰《だれ》の日常の中にもあり、ただ必要なのは、それを「見出《みいだ》す心」だけだと知ったのである。こうなると、自分主体の積極的な生活を送ることができるのだ。

そんなことを言われても、目の前の問題が大きすぎて、ものごとの明るい面を見ることなどできない、という人がいるかもしれない。そういう人は、どんなささやかなことでも、良いこと、ありがたいこと、感謝すべきことを言葉に出したり、紙に書いてみてほしい。すると、いつの間にか〝問題〟と思われていたことが、気にならなくなったり、〝ゲーム〟のように積極的に取り組めるようになる。これは、人間の心の不思議《ふしぎ》な作用である。

パレアナではないけれど、私も毎日喜びや楽しいことを発見し、感謝の言葉とともに『日時計日記』を埋《う》めていく生活を続け、今年はさらに喜びを増《ふや》す年にしたいと願っている。

買うとき、食べるとき

アメリカの元副大統領、アル・ゴア氏の活動を紹介した映画『不都合《ふつごう》な真実』を東京・有楽町の映画館で見た。世界各地にコンピューターから映《うつ》し出すスライドを持参して、地球環境問題の深刻《しんこく》さを訴《うった》える姿を取り上げたドキュメンタリーである。このような映画は一般受けしないからなのか、上映館も上映時間も少ないのが東京の現状で、私の見たところは、昼と夜に二回だけの上映だった。しかしこの映画の欧米指導者への影響力は大きく、ドイツのメルケル首相は、自ら議長を務《つと》めるその年の主要国首脳会議で、地球温暖化を主要テーマにすると発表した、と報じられていた。

ゴア氏は、前ブッシュ大統領と大統領選挙を僅差《きんさ》で争って、一時は勝利宣言までした人だ。最終的な開票の結果、大統領になれなかった。それを思い出すと、「もしこの人が大統領になっていたら」と考えずにはいられない映画だった。アメリカは現在、世界一の温暖化ガス排出国《はいしゅつこく》にもかかわらず、京都議定書を批准《ひじゅん》していない国だからだ。

歴史に「もし」はないと言われるのは、社会は多くの人間の行動や心の結果が表れているからだろう。一人の人間の考えや行動が違《ちが》えば、周囲のすべての人々の考えや行動に影響する。だから、人を単純に入れ替《か》えて歴史は語れない。しかしそうは分かっていても、〝ゴア大統領〟が率《ひき》いる世界は、地球環境問題にも、イラク問題にもずいぶん違《ちが》った展開があったに違いない、と考えてしまうのだ。

映画では、大きなスクリーンで沢山《たくさん》の写真やデータを使って、ゴア氏が雄弁《ゆうべん》を振《ふ》るって迫力《はくりょく》ある講演をする様子《ようす》が映《うつ》し出《だ》された。その内容は私の夫が、生長の家の講習会やブログ（「小閑雑感」http://masanobutaniguchi.cocolog-nifty.com/）への書き込みで、既《すで》に訴えていることがほとんどだった。そのため、私はこの映画を見て、環境問題への緊迫感《きんぱくかん》が増したわけではなかった。けれども、ゴア氏がこのような活動を大々的にしており、それが映画になり、マスメディア等に大きく取り上げられる時代になったことが、私にはうれしかった。この映画の上映によって、地球環境問題にすぐ明るい兆《きざ》しが見えるわけではないが、人々の意識を変える大きなきっかけにはなったと思う。

映画を見てから数日後、家の近くの書店に行くと、入り口の目立つ場所に、地球環境問題を始め、現在の世界規模《きぼ》の問題を扱《あつか》った本ばかり集めたコーナーが設《もう》けられていた。ゴア氏の『不都合《ふつごう》な真実』の日本語訳も、目立つところに沢山《たくさん》積《つ》まれていた。と、それに並んで『コンビニ弁当16万キロの旅』という本があった。表紙には漫画が描《えが》かれ、中にも漫画や数表が沢山用《もち》いられ、子供向けの本のようだった。が、副題が「食べものが世界を変えている」というのである。私が普段《ふだん》から気にかけていることかもしれないと、手にとって見ると、丹念《たんねん》に取材したわかりやすい文章で、主に「フード・マイレージ」と「バーチャル・ウォーター」のことが書かれていた。

日本は現在、先進諸国の中では食料自給率がもっとも低い国である。この本によると一九九九年の数値で、四〇パーセントということだ。残りの六〇パーセントを外国から輸入していることになる。フード・マイレージとは、食料品の輸入量に輸送距離をかけて計算したものをいう。日本は食料の輸入量だけでなく、平均輸送距離もアメリカやヨーロッパに比《くら》べて倍から五倍だ。それほど遠いところから食料を輸入しているのである。

輸送には、船や飛行機、トラックなどが使われるから、食料を輸入することによって、地球温暖化の原因といわれている二酸化炭素を沢山《たくさん》排出《はいしゅつ》している。だから、フード・マイレージの数値が高いほど環境に悪い影響を及《およ》ぼしているのである。

この本では、あるコンビニの和風幕《まく》の内弁当《うちべんとう》の中身を詳しく調べた結果が紹介されている。お弁当のおかずを見てみると、その七割が外国からの輸入食品で、輸入元はデンマーク、ブラジル、タイ、中国、アメリカ、トルコ、ボリビアの七ヵ国だった。そこからの距離を足《た》してみると、地球四周分の十六万キロになるというのだ。コンビニ弁当に限らず、私たちの普段《ふだん》の食生活が、そのような〝温暖化食品〟によって支《ささ》えられているという現実があるのである。

遠くから船や飛行機で送られてきたものが、なぜこれほど沢《たく》山《さん》日本に出回《でまわ》るかというと、低賃金や大規模農業によって得られる外国の農産物の方が、輸送費を払っても安いからである。日本は一九六〇年ごろは、食料自給率が八〇パーセント近くあったそうだ。その後日本は著《いちじる》しい経済発展を遂《と》げ、その影響で農業離《ばな》れが進み、賃金も物価も上がった。

地球温暖化の心配もなく、発展途上国《はってんとじょうこく》の土地の乱開発《らんかいはつ》もなければ、日本が食料を輸入することで、相手国の生活の向上に寄与《きよ》できるかもしれない。そうなれば、グローバリゼーションの問題は少ない。しかし、現在大切なのは、温暖化ガスの排出《はいしゅつ》を削減《さくげん》することと、地球の生態系《せいたいけい》を守ることである。その視点に立てば、輸入食品ばかりを大量に買うわけにはいかないのである。

バーチャル・ウォーターも同じことだ。作物を育てるには水が必要だが、日本が外国産の農作物を輸入する場合、その国の水も使うことになる。つまり、作物を得るまでにその国で使用する水は、他の用途《ようと》にはほとんど使われないからだ。日本は幸《さいわ》いにも現在のところ、水が豊かにある。しかし、水不足《みずぶそく》の国は世界中に沢山《たくさん》ある。そんなわけで、私たちが美味《おい》しくて安ければいいという考えで、無闇《むやみ》に輸入食品を購入することは、知らず知らずに大きな〝罪〟を犯《おか》していることになる。

制度として炭素税などが導入され、温暖化ガスを排出《はいしゅつ》するコストが物価に正しく反映《はんえい》されるようになれば、遠くの外国から運ばれてくるものは高くなる。そうなれば、日本の農業の重要性も再認識され、放置されている農地も活用されるだろう。

「人間は神の子である」という生長の家の信仰は、私たち人間はこの世界を大調和の平和な世界にする使命があるという意味でもある。だから社会の制度が整《ととの》うのを待つのではなく、気がついた一人一人が、何を買い、何を食べれば、地球環境や世界の人々の生活に害を及《およ》ぼさず、さらには少しでも役に立つかを考え、行動したいと思うのである。

今度、コンビニ弁当を買うとき、スーパーやデパートで食料品を買うとき、ちょっと立ち止まって考えてみてほしい。

カーネギーホールが見える

アメリカの大都市ニューヨークは、経済、文化、ファッション、音楽など様々《さまざま》な分野《ぶんや》で世界をリードしている街《まち》である。世界中から移民や旅行者が押し寄せ、一年中賑《にぎ》わっている。五番街やタイムズスクエア、メトロポリタンミュージアムなどの近辺には、観光客が地図を片手に歩き回《まわ》る。お上《のぼ》りさんがひしめき、道を尋《たず》ねる人の姿も珍《めずら》しくない。そのとき、尋ねた相手が地元の人ならば行き方を教えてくれるだろう。

ところが世界的に有名な音楽の殿堂《でんどう》、カーネギーホールへの行き方を尋《たず》ねると、返ってくる答えは、

「プラクティス、プラクティス、プラクティス……」

カーネギーホールに行くには道順を知るのではなく、ひたすら練習をすることが必要だというのである。ニューヨークの町の特徴《とくちょう》を捉《とら》えて、カーネギーホールに行くことと、その舞台《ぶたい》に立つことの意味を引っかけた、よく知られたジョークである。

「何事《なにごと》も練習」というこの当《あた》り前《まえ》の格言《かくげん》は、どんな物事《ものごと》にも通用し、決して例外はない。ところが人は往々《おうおう》にして、どこかに安易《あんい》な道はないか、手《て》っ取《と》り早《ばや》く目的に達する方法はないかと考える。努力を省《はぶ》いて何かができれば、そんな楽《らく》なことはなく、とても魅力的《みりょくてき》なことのように思えるのだ。

人間がこんな考え方に偏《かたよ》りがちなのは、何かを達成することが、人生での最も重要な目的と思ってしまうからだろう。本当は、何かの「成就《じょうじゅ》」それ自体ではなく、成就を目指《めざ》して努力する中で得られる忍耐《にんたい》や発見、喜びなどが本当の価値なのである。が、それらは「手段」だと捉《とら》えられがちだ。だからその努力の過程《かてい》を飛び越えて、何事《なにごと》かが成就したとしても、そこにはあまり感激や感動、喜びはないのである。

細《こま》かい部分は忘れたが、こんな話を思い出す。恐《おそ》らく実話でなく、何かの教訓話《きょうくんばなし》と思われるが、ある人が四国八十八箇所《かしょ》の巡礼《じゅんれい》をした。巡礼は八十八箇所のお寺を実際に徒歩《とほ》で歩いて訪《たず》ね、お札《ふだ》を納《おさ》めるのである。ところがある人が、車か自転車などの乗り物を使って八十八箇所を手早《てばや》く巡《めぐ》り、それぞれにお札

カーネギーホールが見える

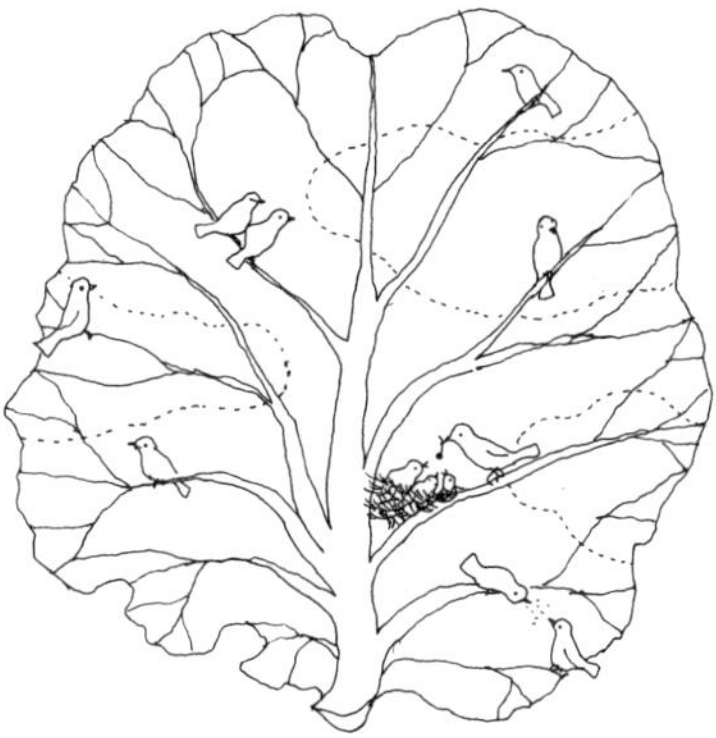

を納めてきた。そして家に帰ってみると、仏壇《ぶつだん》の前には納めたはずの八十八枚のお札が盛り上がっていたというのだ。形だけで心のこもらない巡礼は、何の功徳《くどく》もないという戒《いまし》めである。

高速道路などで渋滞《じゅうたい》があるときにも、こんな手抜《てぬ》きの人を目にすることがある。車が数珠《じゅず》つなぎになったノロノロ運転のときに、緊急車両用の左端《ひだりはし》の車線をスイスイと行く車だ。多くの運転者は渋滞に飽《あ》き飽《あ》きして、あの車線を走りたいとは思っても、それをしない。もし緊急事態《きんきゅうじたい》が発生して一分一秒を争う事態になったとき、そこに一般車がいたのでは、用を成《な》さないことを知っているからだ。しかし、皆がその公衆道徳を守る中で一台が〝抜《ぬ》け駆《が》け〟をすると、後《あと》に続く車が大抵《たいてい》何台かある。

そういう車の運転手は、自分一台ぐらいなら何も起こらないと思うのだろう。あるいは、緊急事態《きんきゅうじたい》など起こるはずがないと思っているのだろう。いずれにしても、自己中心的な行動に違《ちが》いない。

この〝抜《ぬ》け駆《が》け〟の例などは、効率のいい生き方のように見える。けれどもこんな人のことを、他人はどう思うだろうか。要領《ようりょう》がよく機転《きてん》が利《き》いて、利口《りこう》な人だと思うだろうか？　それとも、ずるい人、やり手ではあっても信頼のおけない人と思うだろうか？　私は後者《こうしゃ》だと思う。そして、そんな行動をした本人も、表面の心では「得《とく》をした」と思っても、内心では自分の行動に満足していないはずである。人間の心は複雑で、〝内心〟や〝本心〟は自分でも気がつかないことがある。そんな本心が、良いことや悪いことを自分自身で判断し、その結果を自分の人生に反映《はんえい》していくのである。

そのような心と人生の深い関係がわかってくると、手抜《てぬ》きすることと、人を出《だ》し抜《ぬ》くこと、また「勝つ」とか「負ける」とかが重要ではなく、自分の良心が満足する生き方ができることが本当の喜びであり、人生の意義だとわかるようになる。人生の早い時期に、手抜《てぬ》きや勝ち負けでは何も得られず、与えたものだけが、努力したものだけが自分自身の向上につながり、本当の価値であると知ることは、大きな宝を手にすることだと私は思う。そんな人は、シンプルに「プラクティス（練習）」を続けられるようになる。

この勝ち負けということで、私には忘れられない思い出がある。それは確か小学校の五、六年の頃《ころ》だったと思う。調理実習の時間があり、グループに分かれてお料理を作った。メニューはポテトサラダと何かだった。限られた時間で作らなくてはならないから、皆懸命《けんめい》にジャガイモの皮を剝《む》いているときだった。私たちのグループは、皮の厚さなど全然《ぜんぜん》気にせず、どんどん剝いていた。そのとき同じ流し台を使っていた隣《となり》のグループのNさんの声が聞こえた。

「急がなくてもいい、ていねいに」

私はその一言《ひとこと》にハッとした。

彼女の家はクリスチャンだった。母親が熱心な信者で、兄と姉、それと双子《ふたご》の妹がいたと思う。その父親は病気がちのようで、家庭は貧《まず》しかった。彼女はズバ抜けて優秀ということはなかったが、それなりに成績もよく、キリスト教系の高校へ進学したと記憶《きおく》している。「将来は修道女《しゅうどうじょ》になりたい」などと言っていた。

小学生の私は、生活の苦労など知らず、無邪気《むじゃき》にジャガイモの皮を剝《む》いていたが、彼女は既《すで》にそのころ家事の手伝いなどして、物を大切に使うことを母親から、あるいは暮らし自体《じたい》から学んでいたのだろう。「急がなくても」という彼女の言葉には、生活者の響《ひび》きがあり、私に強い衝撃《しょうげき》を与えた。人より早くポテトサラダができるよりも、時間は余計《よけい》かかるかもしれないが、ジャガイモの皮を丁寧《ていねい》にむいて作るほうが良いのである。

人生の達人《たつじん》は、皮を丁寧《ていねい》に剝《む》き、しかも早くポテトサラダを作ることができるかもしれない。けれどもそこまで行かない見《み》習《なら》いは、「プラクティス、プラクティス」と自分を励《はげ》まし、高みを目指《めざ》したいと思う。その努力の先に、カーネギーホールの舞《ぶ》台《たい》や自分の理想が、現実のものとして見えてくるだろう。

感謝する朝

ホテルの十三階の部屋のカーテンを開けると、窓外《そうがい》には波打つような漆黒《しっこく》の屋根瓦《やねがわら》の連《つら》なりが広がっていた。その波間《なみま》の所々に、新緑と薄桃色《うすももいろ》の桜が彩《いろどり》を添《そ》えている。空は晴れた爽《さわ》やかな朝だった。

一昨年の四月十五日、私は生長の家の講習会のため石川県金沢市に来ていた。その三週間前には能登《のと》半島地震があり、一時は講習会への影響も心配された。実際、震源近くの被災地《ひさいち》では壊《こわ》れた家屋《かおく》もあり、避難所《ひなんじょ》で生活している人もいたが、幸《さいわ》い金沢市に大きな被害はなかったので、講習会は予定通り開催《かいさい》されることになっていた。

窓の外の何事《なにごと》もない穏《おだ》やかで平和な朝の町を眺《なが》めながら、私はその二年半前に経験した新潟・長岡での地震のことを思い出していた。「新潟県中越地震」と呼ばれたあの大地震のときも、夫と私は講習会のため一日前に長岡入りしていた。地震はその夕方に起こった。私たちの宿泊していた長岡駅前のホテルは、目立った大きな損害《そんがい》はなかったが、それでもロビーのガラスの置物《おきもの》が割《わ》れたり結婚式場の花が散乱《さんらん》したりしていた。客室でも調度品《ちょうどひん》の位置がずれたり、湯茶《ゆちゃ》セットが床《ゆか》に散乱した。余震《よしん》の危険があったから、私たち宿泊客は部屋で寝ることはできず、ホテル二階の広い宴会場《えんかいじょう》の床にシーツを敷《し》き詰《つ》めて、その上に合宿《がっしゅく》のようにして寝た。夜中には余震で何度も目を覚まし、また硬《かた》い床《ゆか》や他の人のいびきのおかげでよく眠《ねむ》れず、朝の洗面はトイレの手洗い場ですませた。

地震の只中《ただなか》に身を置き不自由な経験をすることで、普段《ふだん》のごく当《あた》り前《まえ》の日常が、どんなにありがたく恵《めぐ》まれているかを、私は実感したのだった。被災地《ひさいち》とはいえ、長岡ではホテルにいた私たちは大変恵《めぐ》まれていたのだ。長岡市内はほとんど停電し断水していた中で、電気も水道も使え、朝食も充分《じゅうぶん》に用意されていたからだ。

金沢でも、地震後のホテル滞在《たいざい》になったため、私の思いは自《おの》ずと地震など自然災害のことに及《およ》んだ。自然災害に限らず、私たちの生きる世界には思いがけないことが起きる。その中でもっとも予測不可能なものが地震ではないかと思う。科学者は様々《さまざま》な方法で地震を予知《よち》しようと努力しているが、ある程度の予測はできても、正確に予報を出すことはできない。ましてや素人《しろうと》の私たちは、「地震が起きないように」と、一所懸命《いっしょけんめい》祈るのだ。

能登《のと》半島地震の後、生長の家の石川県の幹部の方々が、被災《ひさい》地《ち》の信徒の家々をお見舞いに訪《たず》ねたそうだ。その結果、大きな被害に遭《あ》った人は全《まった》くといっていいほどなく、お見舞いのはずが、かえって明るい気持になって帰ってきたという。この例のように、同じ地震の被災地にあっても、亡《な》くなったり怪《け》我《が》をする人、家を失う人もある一方で、なんの被害にも遭《あ》わない人もいるのである。そのことを思う時、私は人の〝心のあり方〟について考えざるをえないのである。

生長の家では、私たちの生きている世界は人間の心によってつくられる、と説《と》いている。自然災害も例外でなく、広い範囲に影響を及《およ》ぼす出来事《できごと》は、多くの人の心によってつくられる。しかし、同じ状況下でも、人は自分の心に相応《ふさわ》しいものしか、自分の身辺に引き寄せないのである。だから、普段《ふだん》から感謝の心をもっている人には、感謝に値《あたい》することが訪《おとず》れる、と考える。しかし平穏《へいおん》な日常の中で、常に感謝の気持を持ち続けることは難《むずか》しいことでもある。

かつて私は、ローラ・インガルス・ワイルダーの「大草原の小さな家」に代表されるシリーズ物の本を愛読していた。その中でも『長い冬』という一冊が好きだった。

この本は、主人公ローラの一家がアメリカの北部にあるダコタ地方で、開拓者《かいたくしゃ》として暮らしていたある冬の経験を描《えが》いている。その冬はとても長く八ヵ月も続いた。百年以上前のアメリカの開拓地では、鉄道はあったが、降雪《こうせつ》の多い冬の日には列車が通れなくなる。開拓地というのは、周《まわ》りに何もない孤立《こりつ》した場所だ。だから、収穫《しゅうかく》が乏《とぼ》しい冬は、列車で運ばれてくる食料が命《いのち》の綱《つな》だった。ところがその年は、吹雪《ふぶき》が思いがけず早くやってきて、食料を積んだ列車は開拓地の手前で大雪に遭遇《そうぐう》して動けなくなる。もちろん食料は届かない。

開拓地の家には、冬を越すための食料がないわけではない。しかし、八ヵ月も続く冬の経験はなく、蓄《たくわ》えは多くない。だから、やがて小麦やジャガイモが底をついてくる。家人はみな寒さと飢《う》えで痩《や》せ衰《おとろ》え、意識も朦朧《もうろう》としてくる。それでも「けっして負けないぞ」と決意して、雪解《ゆきど》けの春を待ち続けるのだ。

そしてようやく待ちに待った春が訪《おとず》れ、雪に埋《う》まっていた列車が動き出し、汽笛《きてき》を鳴らしながら開拓地に到着する。前日まで、食べ物といえばきめの粗《あら》い硬いわずかな黒パンしかなかったローラたちの前に、真《ま》っ白《しろ》な小麦粉《こむぎこ》や砂糖、七面鳥《しちめんちょう》、干《ほ》した果物《くだもの》、塩漬《しおづ》けの魚や豚肉などが置かれる。この箇所《かしょ》を読むとき、私は「ああ本当に良かった」と安堵《あんど》し、自分も一緒《いっしょ》に飢《う》えと寒さを乗り切ったような達成感を味わうのである。

私がなぜこのシリーズが好きかを自己分析すると、一つは、どんな困難《こんなん》の中でも必ず希望を見出《みいだ》し前進する主人公一家の姿勢に惹《ひ》かれるからだ。それと共に、私たち現代人の生活からは想像もつかない質素《しっそ》で、貧《まず》しい暮らしの中でも、色々に工夫《くふう》し、喜び感謝し心豊かに生きるところである。この本を読むと、私の周《まわ》りには不足《ふそく》なことは何もなく、感謝することばかりある、と気づかされる。当《あた》り前《まえ》の日常のありがたさが理解でき、謙虚《けんきょ》な気持になるのだ。

災害が予測されたとしても、また災害地《さいがいち》にあっても、それらと反発する心を持っていれば、知らずしらず被害の現場から立ち退《の》いたり、実際の被害を擦《す》り抜《ぬ》けたりすることもある。そのために最も有効な心のあり方は、今置かれた環境に感謝し、全力で生きること――私はそう思っている。

平和こそ美しい

今年の五月、私は『俺《おれ》は、君のためにこそ死ににいく』という映画を見た。ときどき買い物に出かける東京・渋谷の駅前には映画館がいくつもあるが、そのうちの一つで上映《じょうえい》予定の宣伝ポスターが、四月頃から掲《かか》げられていた。特攻隊《とっこうたい》の人々を描《えが》いたものだが、その題を目にしたとき、この映画は、「先の戦争で特攻隊として死んだ人たちは、国家の命令や戦争の犠牲者《ぎせいしゃ》ではなく、後《あと》に残る人たちのために命《いのち》を捧《ささ》げた」と言いたいのだろうかと、私は思った。

人間の営《いとな》みには、個人の生活から、社会や国のあり方に至るまで良い面と悪い面があるのが普通《ふつう》だ。だから、国を挙《あ》げて戦争をするとなると、そこには数え切れないほど様々《さまざま》な事象《じしょう》があり、色々な場面が展開されたはずだ。悪い部分や醜《みにく》い面は見たくないのが人情ではあるが、ことさらに良い部分だけを取り上げて強調し、美化しようとする人々もいる。映画のポスターには「ここには、無残《むざん》にも美しい青春があった」という言葉も添《そ》えられていたから、私はこの映画には戦争を美化しようという意図《いと》があるかもしれないと考えていた。

ところが五月十二日の封切日《ふうぎりび》近くになると、『産経新聞』には試写会を見た有名人の感想や、監督、原作者、主演女優などのコメントが頻繁《ひんぱん》に掲載《けいさい》された。それらを読むと、この映画はけっ

して戦争美化ではなく、むしろ反戦映画であるという感想や、監督自身が原作者と何度もぶつかりながら、事実に忠実な映像を作ったというエピソードなどが語られた。また主演の岸恵子《きしけいこ》さんも「戦争を擁護《ようご》したり美化するような映画には絶対参加したくないから、せりふを何度も変えてもらった」などと言っていた。それらを読んで私は、題から受けた当初の印象とは違《ちが》う内容かもしれないと思うようになった。

月初めの五月二日、日本武道館で行われた生長の家の全国大会で、私はまだ見ぬこの映画について少し触《ふ》れたこともあり、どのように描《えが》かれているのかを自分の眼《め》で見、感じなくてはいけないと思ったのである。新聞などで大々的に宣伝されていたので、混雑《こんざつ》を予想して早朝の上映《じょうえい》を選んだ。そんなわけで、封《ふう》切日《ぎりび》の朝一番に行くという初めての経験をした。上映開始の三十分前に行ったが、映画館は充分《じゅうぶん》に席が空《あ》いていた。観客は中高年が中心で、上映時には映画館の四分の一くらいが埋《う》まる程度だった。

特攻隊《とっこうたい》の人々については、私は今まで映画やテレビ、本を介《かい》してある程度のことは知っていた。だから、この映画を見ることによって、特に何か新しい視点や情報が得られたことはないいままで見たり読んだりしたものは、特攻隊を理想化し、美化していたものがほとんどだった。この映画にも、特攻機に乗り込む息子《むすこ》に父親が「よろしくお願いします」と深々《ふかぶか》と頭を下げるような場面があった。また、「無残《むざん》にも美しい青春」という宣伝文句《もんく》が示すように、特攻隊《とっこうたい》の若者の青春を「美しい」と言っていた。にもかかわらず、今まで私が見たものとはどこか異質な感じだった。それは恐《おそ》らく、特攻隊の人々を十代の普通の若者として描《えが》いていたからと思う。

特攻隊員といっても特別な人間ではないから、〝普通の若者〟であることに不思議《ふしぎ》はない。出撃《しゅつげき》の土壇場《どたんば》になって妻や恋人との別れがつらく、死ぬよりも生きてできることをしたいと思う人や、死の恐怖《きょうふ》に耐《た》えきれずに大声を上げて走り回《まわ》る人なども出てくる。現実の生身《なまみ》の人間としての弱さ、戸惑《とまど》い、死の恐怖《きょうふ》、率直《そっちょく》な感情、行動、そんな彼らを送り出す恋人や家族の複雑で切実《せつじつ》な思い、それらに焦点《しょうてん》を当てて描《えが》かれていた。しかし映画全体に、製作側の色々な、ときに矛盾《むじゅん》する思いが盛り込まれていたのだろう、何を描こうとしているのか今ひとつ明確でなく、私の心に響《ひび》くものはなかった。

この映画を見て、私は知人のことを思い出した。その人は予《よ》科練《かれん》に志願入隊し、戦争末期には特攻機の操縦《そうじゅう》訓練に明け暮れていた。結局終戦を迎え、出撃することはなかったが、その人が当時の自分の心情を語った言葉には、こうある。

「お国のために死ぬことは、この上もなく光栄であると、真からそう思っていました。(中略)今考えてみますと、まことに不《ふ》思議《しぎ》なことに、その当時の私の心の中には〝敵を憎《にく》む〟という気持ちは少しもなかったようです。唯《ただ》、お国のために死ぬのだとの忠義《ちゅうぎ》の思いだけがあったようです。死に対する恐怖などは微塵《みじん》もありませんでした」

この愛国の心情には、心を打たれる。国のために命《いのち》を捧《ささ》げることに何の不安もなく、敵を憎《にく》いとも思わず、多くの特攻隊《とっこうたい》の人々は喜んで死んでいったのだろう。

実は私は、戦後生まれで戦争を知らないにもかかわらず、この知人のような特攻隊の人々の生《い》き様《ざま》にあこがれる少女だった。自分の命を懸《か》けて国を守り、人々を守る。自己犠牲《じこぎせい》の極致《きょくち》とも言える生き方は美しく、自分もそんな生き方ができればなどと思っていたのである。しかしその反面、現実の自分の生活は、自己犠牲《じこぎせい》とは程遠《ほどとお》いものだった。純粋《じゅんすい》で現実を知らず、ただ格好良《かっこうよ》い生き方にあこがれていただけなのだと思う。

やがて私は少女から大人《おとな》になり、自己犠牲《じこぎせい》を求める生き方は、自分も相手も不幸にするのだということを教わった。誰《だれ》かが犠牲にならなければ生きることのできない世界は、本当はあってはいけないからだ。そして本当に尊《とうと》い生き方は、形の格好《かっこう》よさではなく、地道《じみち》に自分の毎日の生活の中で、何か人のためになることを心がけて生きることだと知ったのである。それは安易《あんい》な道ではなく、不断《ふだん》の努力の道である。

戦争という特殊《とくしゅ》な状況で、命《いのち》を懸《か》けて国や人々を守ろうとする生き方は一見《いっけん》〝美しく〟思えるかもしれないが、その先にあるのは殺し合いの世界なのだということもわかった。

本当は、こうして今私たちの生きる世界が平和であることが一番美しいのである。そのことを心から感謝しなければならない。そして、この平和がいつまでも続くように、私は平和のために自分のできることをささやかでもしていきたいと思っている。

雨にも晴れにも

生長の家の創始者・谷口雅春《たにぐちまさはる》先生の祥月命日《しょうつきめいにち》は六月十七日で、毎年長崎県西海市《さいかいし》にある生長の家総本山《そうほんざん》で年祭《ねんさい》が執《と》り行われる。この総本山は、長崎空港からも長崎市内からも車で約一時間の山中にある。八十万坪の森林を擁《よう》する敷地は、いくつもの小高い山からなっている。その一つの山の頂《いただき》に谷口家の奥津城《おくつき》（墓所《ぼしょ》）があり、祭祀《さいし》はそこで行われる。

一昨年の二十二年祭のことである。六月は日本では梅雨《つゆ》の季節である。そのため毎年総本山の関係者は、年祭当日の雨を想定して奥津城を覆《おお》う大きさのテントを張るのである。雨が降ったとしても激しくなければ、テントの下で祭祀《さいし》ができるからである。しかし本格的な雨が朝から降っていれば、山を降りたところにある顕斎殿《けんさいでん》の室内で祭祀が行われる。参列者の数が八百人から千人に上《のぼ》るので、テントを張っても濡《ぬ》れてしまうし、雨の中を山頂まで上るのは困難《こんなん》だからだ。奥津城《おくつき》までは、普通に歩いて二十五分から三十分かかる。

梅雨時《つゆどき》の変わりやすい天候は、主催者にとって悩みの種《たね》だろう。祭祀を屋外《おくがい》でやるか屋内《おくない》でやるか判断がつきかねる時は、祭壇の準備や人の移動の時間を考慮《こうりょ》して、ぎりぎりの時間まで待つのである。天気予報では、お祭当日は「曇《くも》り」で、その予報どおり、空は朝からどんよりとしていた。が、雨は降っていなかった。年祭は午前十時から約一時間半にわたって行われるので、終了までは天気は何とかもつだろうと思われた。

朝八時半頃、総本山《そうほんざん》の責任者から夫のところに電話があり、祭祀《さいし》は屋外《おくがい》で行う旨《むね》を知らせてくれた。奥津城《おくつき》からは、はるかに大村湾が見《み》渡《わた》せ、入り組んだ海岸線から山につながる複雑な地形、さらに空へと続く風景は、先生の魂《たましい》を偲《しの》ぶに相応《ふさわ》しい雄《ゆう》大《だい》さがある。その朝の空は明るかったから、大丈夫《だいじょうぶ》、雨は降らないだろうと私は思ったのである。

ところが、そのうちに雨の音が静かに聞こえてきた。シトシトとした小雨《こさめ》である。やがてそれはサーサーという音に変わり、そしてザーザーと降ってきた。「これは困《こま》ったことだ」と私は思った。「屋外《おくがい》で挙行《きょこう》」の決定をいまさら変更しても、準備が間に合わないに違《ちが》いない。私はその時、谷口雅春《たにぐちまさはる》先生が生前《せいぜん》住んでおられたお家の二階の窓から、雨に煙《けむ》る山や厚い雲に覆《おお》われた空を見ていた。そして、この雨のどこに「善《よ》いところ」があるのかと考えた。

目の前の状況は、世間《せけん》一般の常識から言えば「善くないこと」なのである。「屋外でのお祭」を決めたのに、ザンザン降りの雨で、大勢《おおぜい》の参加者の中にはお年寄りも多く、濡《ぬ》れる人が出る。私たちも傘《かさ》を差しての移動となり、神道式の祭祀《さいし》では不都合《ふつごう》なことがあるかもしれない。こんな場合、「善い面」はどこにあるのだろうか？

そして、私は次のように考えた。

①今年は水不足《みずぶそく》が心配されているから、これは恵《めぐ》みの雨である。

②雨の中の御祭《おまつり》は荘厳《そうごん》な雰囲気《ふんいき》になるだろう。

③山の上からは、普段《ふだん》見えない雨の日独特《どくとく》の景色《けしき》が見えるかもしれない。

④晴れ日のありがたさが、ひときわ感じられるだろう。

⑤晴天なら暑いが、雨天は涼しいだろう。

――私が思いついたのはこの程度である。それも、わざわざ頭をひねって考えた結果である。私の頭の中には、「奥津城《おくつき》前でのお祭が最善」という基準《きじゅん》があった。臨機応変《りんきおうへん》に「お任《まか》せ」という心境だったら、もっと楽な気持でいられたに違《ちが》いない。

私たち人間は、日常の様々《さまざま》な場面で、「これが善《よ》い」という自分の〝こだわり〟を摑《つか》んでいるために、それに縛《しば》られていることが多い。そうすると自分の〝こだわり〟以外のものを受け入れるのが難《むずか》しく、その結果、心に不満が生まれるのである。

生長の家では、どんな事柄《ことがら》にも善《よ》い面と悪い面があるのだから、常に物事《ものごと》の善い面を観《み》ることが大切だと教えられている。なぜなら、人間の心の中の思いが、その人の人生や運命をつくるからである。物事の悪い面に心を集中させれば、悪いことを引き寄せることになる。不満を抱《いだ》きつづけると、人生にはさらに不満なことが見えてくるのである。

こだわりをもつこと自体《じたい》は悪いことではないが、それ以外の状況が出てきても心を柔軟《じゅうなん》に切り替《か》えて、そのことに善《よ》い面を見出《みいだ》すことが大切なのである。善い面を見出す心は、感謝や喜びにつながるから、感謝できる事柄《ことがら》や、喜ばしいことが自分の人生に現れてくることになる。これは「心の法則」あるいは「心の創化力《そうかりょく》」と言われ、私たちの人生はこの法則によって支配されている。目の前に起こる出来事《できごと》の何を見るか、どこを見るかがとても重要である。この法則をよく理解し、喜びに満ちた創造的な人生を歩みたいものである。

私が雨の中に見出した善さは、狭《せま》い範囲《はんい》のものだった。『日々の祈り』（谷口雅宣著、生長の家刊）のなかには、「雨の恵《めぐ》みに感謝する祈り」というのがある。その中で述べられている雨の恵みは、微細《びさい》なものから宇宙的な広がりまでを含《ふく》んでいる。

雨とは、〝水の天体〟である地球上の元素循環《げんそじゅんかん》の一コマである。水が大気中から地上に降《お》り立つ一形態を「雨」と呼ぶのである。（中略）この水の到来《とうらい》によって、地上の生物は生き続け、繁栄する。植物は、太陽の光と水から栄養素をつくり、動物は植物から栄養素を受け取り、肉体の死後は菌類《きんるい》にそれを渡《わた》す。菌類は土壌《どじょう》をつくり、再び植物に栄養素を渡す。水は生物に栄養素を与えるだけでなく、生活の場をも提供する。細胞《さいぼう》の中、土の中、川の中、湖沼《こしょう》の中、海の中に生物繁栄の場を提供する。

物質的側面《そくめん》をこのように表現することができるが、その奥に、我《われ》は神の無限の愛を観《み》るのである。（後略）

ところで、問題の二十二年祭の空模様《そらもよう》だが、開始三十分前には、激《はげ》しく降っていた雨も止《や》み、祭の終わる頃には薄日《うすび》まで射《さ》してきたのである。おかげで私は、雨にも晴れにも感謝することができたのだった。

愛は与え合う

七月に大型台風が日本列島にやってくるのは珍《めずら》しいことであるが、一昨年の台風四号は沖縄から九州、四国を経《へ》て各地に大きな被害をもたらした。そして紀伊半島から関東地方に向かったのは、七月十五日。この日は、埼玉での生長の家講習会の当日だった。

交通の便《べん》がいい関東地方で講習会がある場合、私たちはいつも当日の朝、東京の自宅を出て、一時間前後で会場に着くことができる。しかし今回は、当日朝の天候がどうなるか予測できなかったので、私たちは大事をとって前日の夕方、会場近くのホテルに入った。会場は、大宮から程近《ほどちか》いさいたま市の新副都心にあるスーパーアリーナで、ありがたいことに、すぐ横のホテルの予約が取れた。テレビの台風情報は、この四号は「非常に勢力が大きい」と何度も注意を促《うなが》していて実際、九州では土《ど》砂崩《しゃくず》れなどの被害《ひがい》が出ていた。

ところが、十四日の夕方にホテルに入り、十三階の部屋から周《まわ》りの高いビルやJRの線路、町の様子《ようす》などを見る限りでは、雨も風もそれほど強くなく、本当に台風が来るのかと思うほど新しい街《まち》は静かだった。

翌朝、台風は紀伊半島に達していて、そのまま進めば午後から夕方にかけて関東地方を直撃する、とテレビは報じていた。

空はどんよりして、雨も降っていたが、地上近くは明るく、「そのうち晴れてくる」と思わせるような空だった。しかし台風は確実に近づいている。私は、講習会に参加してくださる方は大《だい》丈夫《じょうぶ》か、と心は穏《おだ》やかでなかった。そんな日であったが、講習会は予定通り開催され、七千数百名の方が参加してくださったのは、本当にありがたいことだった。台風は関東に近づく頃《ころ》には勢力もだいぶ弱まり、進路も東寄《ひがしよ》りにずれたので、講習会終了の午後三時頃には雨もほとんど止《や》んでいたのである。

その日の講話で、夫はこんなことを話した。

——この現実の世界は、人間の心によってつくられる。自分一人の心でつくられる部分もあれば、多くの人の心によってつ

くられる部分もある。講習会も、皆さんの心によってつくられる。講習会は、生長の家本部が企画《きかく》し主催《しゅさい》する行事だから、皆さんはただその場に来ただけだと思うかもしれない。しかし、今日のような台風の日には、皆さんが講習会に行くのをやめて、ここに一人も参加して下さらなかったら、私は誰《だれ》もいない会場で話はしないだろう。そして、講習会は行われない。だから、皆さんの「講習会に参加しよう」という心が、この講習会を実現させたのである。

——当《あた》り前《まえ》といえば当り前のことであるが、自分の身辺《しんぺん》に起こるあらゆることは、自分が意識するしないにかかわらず、すべて自分の心と密接に関係しているから、人からまったく受身的に与えられることはなく、自分の意志が働いているということだ。これは、私たちが普段《ふだん》何気《なにげ》なくもっている固定観念を打ち破ってくれるものの見方である。そして、このような見方で様々《さまざま》なことに対すると、私たちは人生を自主的に、積極的に生きることができる。

すべて自分の心が原因ということは、自分の心によってその人の環境や人生はつくられるということである。この心の使い方には一定の「法則」がある、と生長の家では教える。例えば、「与えれば与えられる」「類《るい》をもって集まる」という法則があるから、親切《しんせつ》な愛の行《おこな》いをした場合には、それはやがて自分に返ってくることになる。またその反対の行為――人のいやがることをしたり、人を憎《にく》んだり嫌《きら》ったりすれば、その思いも自分に返ってくる。怒《いか》りや恨《うら》みは自分の心に蓄積《ちくせき》されて、不快な雰囲気《ふんいき》を自分の周囲に漂《ただよ》わすことになるし、身辺《しんぺん》に同種の心を引き寄せるのである。このような心の法則、この世の仕組《しく》みを理解して、日々の生活を送ることは大切である。

その上で、「人間はなぜ生きるか」という人生の目的がわかれば、なおいい。人生の目的が何かといえば、それは「愛を表現すること」「人のためになること」である。人のためになる行為というのは、心に余裕《よゆう》のある人や、特別に愛深《あいぶか》い人が行うものだと思う人がいるかもしれない。しかし本当は、誰《だれ》もが心の底で、自分以外の人に対して何か役立つことをしたいと思っている。そして、それができたとき、人間は幸福を感じ、生《い》き甲斐《がい》を感じるのである。

人のために何かするというのは、大変なことのように思えるかも知れないが、本当は小さなことでいいのである。例《たと》えば人と顔をあわせたら、笑顔《えがお》で挨拶《あいさつ》する。エレベーターや乗り物に乗るときは、我先《われさき》にと人を押しのけない。後《あと》から来る人を待ってあげる。重い荷物を持っているお年寄りや、妊婦《にんぷ》や、小さな子を連れたお母さんをさりげなく手助けする……これらは皆、大げさな努力など必要ない。ただ習慣になっていない場合、最初は少しだけ勇気がいるかもしれない。が、習慣にしてしまえばいいのである。こうして愛を表現すれば、何よりも自分の心に喜びが湧《わ》いてくるし、人生が円滑《えんかつ》に進展するはずである。

七月十八日の『朝日新聞』の投書欄に京都府のパート、太田麻里さん（52歳）の話が載《の》っていた。「1ヵ月3千円、有効に使う法」と題して、概略《がいりゃく》次のような内容である。

――ユニセフに銀行引き落としで、毎月三千円寄付して十年になり、感謝の写真立てが送られてきた。子供の頃、学校給食の脱脂粉乳《だっしふんにゅう》のミルクのにおいが嫌《きら》いで鼻をつまんで飲んだ。しかしそのおかげで、たいした病気もせず、健康で大きくなったことに感謝している。その支援《しえん》をしてくれたのがユニセフだと知った。感謝の気持を少しでも返せたらと寄付を始めた。一ヵ月三千円で約百八十人分のポリオ経口《けいこう》ワクチンが買え、貧《まず》しい子供たちを助けることができる。毎月赤字の家計であるが、三千円が我《わ》が家《や》にあるより、ずっと有効に使える。世界にはそんな地域が沢山《たくさん》あるから、少額でも寄付しようと思う人が増えることを祈っている――

この人のように、お金に特に余裕《よゆう》がなくても、自分の目先の利益を考えるよりも、なにか他人の役に立ちたいという姿勢《しせい》は、私の心を打った。きっと太田さんは、喜びに満ちた、生《い》き甲斐《がい》のある日々を送っておられることと思う。「自分が何を持つか」ではなく、「他人に何ができるか」を考えて行動する。これも、「心でつくること」の一つである。

私が講習会で話をする場合も、講話のための準備でより深く真理を学ぶ機会を与えられ、また台風の日にも参加して下さる人々から、愛念《あいねん》を送られていることを感じる。愛は決して一方通行ではなく、相互《そうご》に与え合いの喜びが感じられるものである。

イスラームを学ぶ

八月最初の週末、ニューヨーク市郊外において、「世界平和のための生長の家国際教修会《こくさいきょうしゅうかい》」が開催された。アメリカ、ブラジル初め、カナダ、イギリス、ドイツ、ペルー、パナマ、コロンビア、日本など九ヵ国から、生長の家の幹部約百九十名が参加して行われた。

国際教修会は今までに、ブラジル、アメリカでそれぞれ二回行われている。これまでのテーマは、「原理主義」「宗教多元《たげん》主義について」「肉食と世界平和」などであった。そして今回は、イスラム教について学んだのである。

アメリカを除《のぞ》く参加者の国は、イスラム教とはあまり縁《えん》のない国々である。日本は仏教と神道《しんとう》が主要な宗教であるし、イスラム圏の人を目にすることはそう多くない。また他の国は、キリスト教が主要な宗教である。だからイスラム教はなじみがなく、一般には知る必要性もあまり感じられないだろう。そういうわけで、参加者の中には、自分たちの生活や信仰と関係が薄《うす》いイスラム教を、今回の教修会のテーマとする理由を理解できない人もいたようだ。

アメリカは、9・11以来「テロとの戦い」を明言している国だから、イスラム教とは深い関係にあるといえる。しかし一般の人々にイスラム教が正しく理解されているかというと、そうでもないらしい。イスラム教の信仰を持つことは、無差別殺人《むさべつ》も平気で行う人間をつくる。イスラームは間違《まちが》った過激《かげき》な宗教である——そんな認識を多くの人がもっていたようだ。

かく言う私自身も、イスラム教のことはほとんど知らない。夫のブログでイスラム教について書かれたものを読んで、少し知識を得た程度である。そのため今回の教修会《きょうしゅうかい》では、大いに学ぼうと臨《のぞ》んだ。

イスラム教は現在世界の宗教の中では、キリスト教に次ぐ世界第二の信者数を持つ。また、現在の世界経済、人間活動を支《ささ》えている石油の産出国の多くは中東地域にあり、それらの国はイスラム教国である。そのような現状を考えると、イスラム教の影響力を無視して、世界の平和は実現しないし、私たちの生活も成り立たない。だから、イスラム教を理解することは、今日の世界にとって大変重要なことである。

今回の教修会《きょうしゅうかい》の特徴《とくちょう》は、イスラム教の法学者であるカリフォルニア大学ロサンゼルス校のアブ・エル・ファドル教授をゲスト講師として招《まね》いたことである。今までの教修会は、生長の家の本部講師が様々《さまざま》な文献にあたり、論文を作成し、発表するという形式だった。今回も五人の講師がそれぞれ担当分野を受け持ち、発表したのだが、前述《ぜんじゅつ》したようにイスラム教についてはは門外漢《もんがいかん》であり、なじみのない人間ばかりである。だから、イスラム教の権威《けんい》をお招きして教えを請《こ》うというのは、大変有効な考え方だったと思う。また、教授が私たちの要請《ようせい》に応《こた》えて下さったことも幸運だった。

教授との出会いは、私たちが昨年一月ブラジルでの教修会の帰途《きと》立ち寄ったニューヨークの書店である。イスラム教について詳しく学びたいと思っていた夫は『The Great Theft』という題の本を手に取り、その内容に共鳴《きょうめい》したようだ。それがきっかけとなって、イスラム教をテーマとする国際教修会《こくさいきょうしゅうかい》に、著者をゲスト講師としてお招《まね》きできないかとの考えに及《およ》んだらしい。

それは実現したのであるが、東洋の端《はし》の日本の、イスラム教から見れば小さな宗教である生長の家の要請に、イスラム教の権威《けんい》であり、〝人権のノーベル賞〟といわれている賞も受賞したアブ・エル・ファドル教授が、なぜ快《こころよ》く応じて下さったのか、考えると不思議《ふしぎ》なことである。教授は脳腫瘍《のうしゅよう》を患《わずら》っておられ、外部での講演はほとんどされないということだから、なおさらそう感じた。

今回の教修会《きょうしゅうかい》についても、途中《とちゅう》の交渉《こうしょう》で教授の側から、健康状態が悪く講演できない場合も想定して、「プランB」即《すなわ》ち、代替案《だいたいあん》も用意しておいてほしいという要請《ようせい》があったほどだ。教授はまた、イスラム原理主義に対して批判的《ひはんてき》な本を出しておられるので、攻撃の対象になったこともあるという。だから私はニューヨークでの教修会の開催に、妨害《ぼうがい》が入らないかと危惧《きぐ》したほどである。

それらの不確定《ふかくてい》要素もあったので、私は教修会《きょうしゅうかい》の無事《ぶじ》開催を祈っていたが、教修会に出発する少し前、朝の目覚めとともに、心に浮かんだことがあった。

それは私たち生長の家の活動は、世界の中では、ほんの一握《ひとにぎ》りの人数で行われている。そう考えると、道ははるかに遠いという気がするのである。しかし実際はそんなことはなく、人間はみな一つの命《いのち》としてつながっているのだから、私たちと同じような考えの人々が、世界中にきっと他《ほか》にもいるだろうということだ。何の根拠《こんきょ》もない、独《ひと》りよがりの思いであるが、この朝のひらめきは、私の心を軽く明るくし、教修会は成功するに違《ちが》いないという強い自信に変わっていった。

そして同時に思い浮かんだのが、物理学者の米沢《よねざわ》富美子《ふみこ》さんのことである。米沢さんは二十八歳のとき、世界的に注目を集める理論を導き出した。そのとき「世界中でこれを知っているのは私だけだ」と思って、身体《からだ》の震《ふる》えが止まらなかったそうだ。しかし実際には、同じ年に同じ理論に行き着いた人が、他に三人いたそうだ。こんな事を思いつく人が他《ほか》にいると知った時、まるで自分の頭の中を覗《のぞ》かれているような気がしたという。(『二人で紡《つむ》いだ物語』朝日新聞社刊)同じ時代に生きるということは、互いに共有する問題に取り組んでいくことなのである。

悪を強調する人間社会の悪い習慣から、イスラム教は〝テロリストの宗教〟というイメージが、連日の報道で生まれている。

しかし、イスラム教は本来他の宗教に対して寛容《かんよう》であり、多数派は寛容で敬虔《けいけん》な信仰者だということを、教授の講話などから学んだ。

長い歴史を経《へ》てきた一つの世界宗教に対して、偏《かたよ》った型にはめた見方をすることは、人類全体にとって不幸なことである。ますます狭《せま》くなるこれからの地球社会にとって、より多くの人がイスラム教を理解することは、大変重要である。教修会《きょうしゅうかい》に参加して、そう強く思った。

新しい機械

一昨年のことである。七月ごろから、私が使っているパソコンの調子《ちょうし》が悪くなった。パソコンに詳《くわ》しい人にいろいろ見てもらった結果、バッテリーの具合《ぐあい》が悪く安定していないので、修理《しゅうり》に出さなくてはいけないとのことだった。

私は原稿などすべてパソコンを使って書いている。また、人との連絡《れんらく》もインターネットですることが多いので、それが使えなくなると不便《ふべん》どころか、仕事にならないのである。

機械を修理《しゅうり》に出すと、直《なお》ってくるまでに一ヵ月くらいかかることがある。また新しいのを買うと、ややこしい初期設定《しょきせってい》などをしなくてはならない。私はパソコンにはあまり詳《くわ》しくなく、基本的なことしかできないため、新しく買うとなると、夫の手を煩《わずら》わせることになるのだ。けれどもそのころ夫は、八月にニューヨークで行われる、生長の家の国際教修会《こくさいきょうしゅうかい》の準備で、時間に余裕《よゆう》のない生活をしていた。

そのようなわけで、故障《こしょう》がちのパソコンを修理《しゅうり》に出せず、新しくも買えない私は、七月一杯《いっぱい》、パソコンを開けるとき、「今日ははたして正常に動くかしら……」とヒヤヒヤしながら過ごし、八月初めの国際教修会を終えたのである。そして八月半ば、夫も少し時間に余裕ができたので、ようやく私たちは東京・有楽《ゆうらく》町《ちょう》の駅前にある家電量販店《りょうはんてん》へ出かけた。

新しいノート型パソコンを買うためである。それまで使っていたのを修理《しゅうり》に出し、今度買うものは、持ち運びに便利な、軽くて小さいものと心づもりしていた。私は生長の家の講習会で地方に出かけることが多いが、パソコンは重くてかさばるので、原稿の締《し》め切《き》り日直前というような、緊急《きんきゅう》の場合しか持ち運ばなかった。が、〝新顔〟はできれば気軽《きらく》に持ち歩きたいと考えていた。

電気店では、さまざまなメーカーのパソコンが店内所狭《ところせま》しと、大きいものから小さいものまで、選択者を途方《とほう》に暮れさせるほど数多く並んでいた。しかし私の場合、「小さくて軽い」という条件が付いていたので、選択の範囲《はんい》は限られ、選ぶのにそれほ

新しい機械

ど苦労しなかった。

いくつか手にとって試《ため》してみて、小さいわりには、文章を書くためのキーボードの使いやすいものを選んだ。それまで使っていたものの半分ほどの大きさで、重さも一キロ未満だった。その〝新顔〟のパソコンを買った日はちょうど夫の休日だったので、帰宅後、夫がその設定をしてくれた。その結果、私は約一ヵ月半ぶりに、機械が動かなくなることを気にせずに使うことができた。

それから二週間ばかりして、今度は携帯電話を購入した。私はそれまで、基本的に携帯電話は使っていなかった。私用で泊まりがけで外出するときだけ、プリペイド式の旧式の携帯電話を使っていた。ところが私が使っているプリペイド式は、次の年の三月でサービスを終了するらしく、電話会社から何度も買い替えを勧《すす》められていた。そのため、漸《ようや》く私も携帯電話を購入することにしたのである。

我《わ》が家では、夫も携帯電話を使わないので、今度は機種選定を夫に頼《たよ》るわけにもいかず、息子《むすこ》と娘の休日に、二人に同行してもらって買いに行った。

電話にも様々《さまざま》な機種があり、機能も多彩《たさい》なようで、最新式など使ったことのない私には、どれがいいかよくわからなかった。が、息子が「こういう機能は必要か」「どういう使い方をしたいか」などを聞いてくれたおかげで、いくつかの候補《こうほ》の中から、大きさや持った時の感触《かんしょく》、色などで、私の好みのものを買うことができた。そして、携帯電話も息子が初期設定《しょきせってい》をしてくれて、私は電話を使ったメールに挑戦《ちょうせん》することになった。

私が携帯電話を持たなかったのは、それほど必要性を感じなかったこともあるが、いちばん大きな理由は、多くの人が電車の中などでうつむいて一心にメールを打っている姿を見て、何か機械に振《ふ》り回《まわ》されているような印象をもったからだ。

こうして新しいパソコンと携帯電話を持った私は、どちらもまだ十分に使いこなせないので、機械が思うように動かず、右《う》往《おう》左《さ》往《おう》することもしばしばである。新しい機械は便利であるが、なじむには時間がかかり、それまでは決して便利ではないというのが私の率直《そっちょく》な感想である。

さまざまな機器に囲《かこ》まれている現代の私たちは、これらの機械が使えない人との間で、コミュニケーションの差が大きくなりつつある。特にパソコンが世界的に普及《ふきゅう》して、パソコンを持つ人と持たない人——先進国と発展途上国《はってんとじょうこく》の間で、「デジタル・デバイド」すなわち情報格差《かくさ》が生じることの問題が指摘《してき》されている。

今回一度に二つの最新機器を購入したことで、私は改めてそのような格差のある世界を実感した。それは新しい機械が、あまりにも多くの機能を持っていて、私自身が使いこなせないことへの焦燥感《しょうそうかん》でもある。

また最新の機器を使えばたくさんの情報を得ることができるが、それらの情報に振《ふ》り回《まわ》されるマイナス面もある。機器が優秀であればあるほど、人間は機械が作り出す世界に頼《たよ》る傾向《けいこう》が生じるからだ。インターネットの通信にしても、人の名を騙《かた》って、悪意のあるメールを送ることもできるし、無遠慮《ぶえんりょ》に書き込んでくる人もいる。機械はそれを使う人間に品位や節度がなければ、便利であればあるほど〝無法地帯《むほうちたい》〟のようなものを作る力をもっている。便利ではあるが、複雑な世界に生きている私たちであると思った。

私は故郷《こきょう》の両親に宛《あ》てて、絵手紙を書くようになって八年位《くらい》経《た》つ。毎日どうということもない、当《あ》たり前《まえ》の日常の出来事と、なんでもないテーブルの上の季節の花や果物《くだもの》、その日買った本や雑貨など、視野に入るものを何でも絵にして送っている。このささやかな絵は、私の手になるものである。鉛筆やペンで輪《りん》郭《かく》を描《えが》き、絵の具を選んで、色を付《つ》けていく。決して思い通りにいかないし、同じものは二度と書けないのである。上手《じょうず》でもないし、寧《むし》ろ稚《ち》拙《せつ》である。それでも、機械ではできない私自身が表現されているので、愛着が湧《わ》く。

このようなアナログ的な作業は、パソコン通信や携帯メールとは対《たい》極《きょく》にあるものだろう。どちらにも利点と欠点があるが、絵を描くことによって、機械では得られない安心感を持つのも事実である。

突然の恋

「突然恋に落ちたら、しかたないんじゃないの?」

——私はこう夫に聞いた。

結婚してまだ一年経《た》たない頃である。当時私は妊娠《にんしん》していて、それまで勤めていた航空会社を辞《や》めて、専業主婦になったばかりだった。夫は新聞社の記者で、帰宅はいつも夜の九時、十時だった。

突然仕事を辞《や》めて、一日家にいることになった私は、妊娠中とはいえ時間がたっぷりある生活になった。そのため、毎日せっせとお料理を作った。今日は夫をどのように驚《おどろ》かせようかと思いながら、料理本を片手にいろいろ考え、作るのは楽しかった。はじめてのものにも果敢《かかん》に挑戦《ちょうせん》し、時間がかかるのも気にせず、存分《ぞんぶん》に腕を振《ふ》るった。時には料理のプロしか作らないようなものにも手を伸ばし、夫の帰りを待った。

夕食はいつも遅い時間であったが、せっかく作ったものを一人で食べる気にはなれなかったから、夫と二人で食べた。夫の反応を見つつ、一日の出来事など話しながらの食事は楽しく、努力が報《むく》われる気がしたものである。

そして比較的食事が早く終わった時など、私たちは夜十時から始まるドラマをよく見た。どんな内容だったか忘れたが、そんなドラマを見ていたとき、冒頭《ぼうとう》の質問を夫に投げかけたのである。

当時の私の考えでは、人が誰《だれ》かを好きになり、恋をするのは「人間の思案《しあん》のほか」という思いがあった。偶然《ぐうぜん》出会った人に心惹《こころひ》かれるのは、思いがけない事故にあうとか、宝くじに当選するように、自分で予測できない事態《じたい》だという考え方である。だから、好きになってはいけない相手、例《たと》えば親友の恋人とか、既婚者《きこんしゃ》を好きになったりすることは、いわば「思わぬ災難《さいなん》」のようなもので、避《さ》けることはできないと思っていたのである。

それに対する夫の言葉は意外《いがい》だった。

「人は突然、恋に落ちるなんてことはないよ」

「えっ、それどういう意味？」

と私は聞いた。

「人間は、そんな思わぬ偶然《ぐうぜん》などに振《ふ》り回《まわ》されるものではないよ。人を好きになることだって、自分の心でそれを許し、受け入れる意識が働いているからだよ。自分では決して望んでいなかったのに、災難《さいなん》のように降りかかってくる恋なんてものはない」

私には最初、夫が意味するところがなかなか理解できなかった。何かの偶然で人は出会い、恋をする。そのような出会いは個人の力の及《およ》ばないことであるという私の思いは、大変強力なものだった。そのころの私は、人間の心の影響力、心の力についてあまりよく理解していなかったのである。

私と夫との出会いも「思いがけない偶然《ぐうぜん》」だと思っていた。

その頃《ころ》私は書道をしていて、ある日夜になり、知人に車で家に送ってもらうことになった。その時、車の横をたまたま夫が通った。夫の職場がすぐ近くにあったからである。運転者と夫は知り合いで、私の住まいと夫が当時住んでいたアパートの方向が同じということで、私たちは一緒《いっしょ》に車に乗ることになった。夫は助手席に座《すわ》り、私は運転席の後《うし》ろに座った。私の隣《となり》には先輩の女性がいて、その人が車内で、夫と私をそれぞれ紹介してくれた。それだけのことだった。私たちはその晩《ばん》、個人的に言葉を交《か》わすこともなかったのである。

しかしこの出会いが、夫と私の心に何か重要な影響を及《およ》ぼしたようで、やがて私たちは結婚することになった。これを「偶《ぐう》然《ぜん》」と言わないで何と言えるか、と私は考えていた。

夫は、こうも言った。

「人間は盲目的《もうもくてき》に、人を好きになるものではないよ。きっとその人にとって十分な理由があるはずだ」

それは理解できたが、きっかけとなる出会いはどうなのか。それが起こることは偶然ではないか？　当時はそんな疑問が残った。

こんなことを思い出したのは、近頃《ちかごろ》夫が生長の家の講習会で、「偶然はない」という話をするからである。偶然と思われていることも、実は親和《しんわ》の法則――つまり「類《るい》をもって集まる」という原理によって生じるという話である。

人間の心が現実の世界にどのような影響を及《およ》ぼすかを知らないと、物事《ものごと》を偶然《ぐうぜん》のせいにしたり、あるいはまたその逆に「必然」と思ったりする。

人は毎日、色々な人と逢《あ》っている。見知らぬ人も含《ふく》めてだ。けれども、その出逢《であ》いを大抵《たいてい》はいちいち「偶然だ」とは思わない。知人以外は意識しないから、逢ったことも憶《おぼ》えていないのである。ところが、知人に逢うと「偶然だ」と意識されるのである。ということは、知人との出逢いだけが認知されるのだから、それは「偶然」ではなく「必然」なのだ、と夫は講習会で話す。

自分の目の前に展開する世界は、このように自分の心と密接に関係しているのである。

夫と初めて出会ってから、約一年後のことである。その間一度だけ、私たちは共通の友人と三人で食事をしたことがあったが、それ以外特に、いわゆる「おつきあい」をしていたわけではなかった。私は二十四歳になっていて、当時としては結婚適《てき》齢《れい》期《き》で、周《まわ》りの人が「結婚は？　結婚は？」とうるさく言ってきた。ところが当の私は、結婚はしたいと思っていたが、「この人！」と思える人が誰《だれ》なのか、よくわからなかった。

無責任な話であるが、自分の本心をくらましていたというか、逃《に》げていたのだと思う。けれどもこんな中途《ちゅうと》半端《はんぱ》な気持ではまわりの人々にも迷惑《めいわく》をかけると思い、私は自分の心をはっきりさせなくてはと決めた。それは、仕事で外国に行っている時だった。

ホテルの部屋にこもり、私は自分の心を整理し、本当は何をしたいのか、何を望んでいるのか、本心を見つめようと努力した。心の中というのは、自分自身でわかっているようでいて、案外《あんがい》わからずに過ごしているものだ。ある意味で、それは苦しい作業だった。やがて、一人の男性が心の表面に浮かんできた。けれども、すぐにその思いを認めたくない心が出てくるのである。なぜ認めたくなかったかというと、その男性は自分とは遠い存在だと思っていたからである。自分が傷つくかも知れず、怖《こわ》かったのだ。「逃《に》げたい」思いと、「本心をくらます生き方はあなたらしくない」という二つがせめぎあい、揺《ゆ》れ動いた。そんな心の葛藤《かっとう》の末、ようやく私は「エイッ」と清水《きよみず》の舞台《ぶたい》から飛び降りるような気持で、自分の本心を生きることに決めたのだった。それまで、私は、自分のことを客観的に見ていなかったのである。

同じ頃《ころ》、東京では「その男性」が私の留守宅《るすたく》に「お会いしたい」というカードを添《そ》えて花を贈《おく》ってくれていた。東京に帰ってそのことを知った私は、世の中には不思議《ふしぎ》なことがあるものだと思ったが、これこそ正に「偶然《ぐうぜん》」ではなく、お互《たが》いの心が呼び合った「必然」と言えるだろう。

このように、人生は心でつくられるのである。

長い箸《はし》の使い方

谷口雅春《たにぐちまさはる》先生の書かれた『真理の吟唱《ぎんしょう》』（日本教文社刊）というお祈りの本の中に「入龍宮不可思議境涯《にゅうりゅうぐうふかしぎきょうがい》の祈り」というのがある。「龍宮《りゅうぐう》」というと、浦島太郎が亀に連れていかれた海の底の楽園を連想することが多いと思う。仏教では竜王の住む宮殿で、七宝《しっぽう》で飾《かざ》られている豪華《ごうか》な異郷《いきょう》としての龍宮《りゅうぐう》の話があり、中国やインドでも古代から龍宮の物語がある。

このお祈りでは、龍宮に入ると、そこは色とりどりの花が咲き、鳥が歌い、家族は喜びに満たされて、人々は心から平和を楽しみ、天国の状態さながらであると表現され、その様子《ようす》を讃《たた》えている。

人は皆《みな》、幸福を求め、平和な世界の到来《とうらい》を求め、願っているが、果《は》たしてそれは具体的にどんな状態を指《さ》すのかと考えると、内容は千差万別《せんさばんべつ》なのではないだろうか。

ある人にとっては、「幸せ」とは物質的に何不自由なく暮らせることかもしれない。また他の人は、どんなに物質的に豊かでも、家族がお互《たが》いに信頼できず、心配事《しんぱいごと》や悩みがあると、「幸せ」を感じられないと思い、お金や物の多寡《たか》よりも、人格の高貴さや寛大《かんだい》さ、愛の深さが大切だと思うだろう。

そうはいっても、私たちは現実の世界で生活していて、目に見える様々《さまざま》なものを感じて生きている。大きい家や小さい家、

高級外車や軽自動車、豪華《ごうか》な洋服や粗末《そまつ》な身なり……これらを目にすると、どうしても「比《くら》べる」という行為をする。そして、大きな家、高級なものを所有している人のほうが、「幸せ」だと思うのである。

ところが、実際に町で出会う人をよく見てみると、必ずしもそうではない現実がある。人の顔や姿には、その人がどんな日常を送っているかが、案外反映《あんがいはんえい》されるからだ。例《たと》えば上等そうな服を着て、ブランド品のバッグを持っていても、険《けわ》しい顔をして不快な表情の女性がいる。かと思えば、質素《しっそ》な身なりでもこざっぱりしていて、何となく温《あたた》かさの感じられる人もいる。表面だけでは、その人の具体的な暮らしや心の細《こま》かい動きはわからないが、普段《ふだん》どんな心の状態で過ごしているかは、全体の雰囲気《ふんいき》からそれとなく感じられるものである。

だから、物質的豊かさは幸福とは関係がない、と言えると思う。そしてまた、天国や楽園というものも、物質的な豊かさとは違《ちが》う次元にあるものだ。

私は週に一回英会話の学校に通っている。十年ほど前に教えてくれた先生は、父親がイギリス系で母親が日系の、二十代後半のアメリカ人女性だった。彼女は黒髪《くろかみ》のほっそりした美人で、切れ長の目が聡明《そうめい》さを際立《きわだ》たせている素敵《すてき》な先生だった。ある日の授業で、天国と地獄《じごく》の話が出た。多分《たぶん》当時は二十世紀の末で、終末論《しゅうまつろん》がテーマであったときだったと思う。先生が知っている天国と地獄の面白《おもしろ》い話をして下さった。

天国と地獄というのは、別々の場所ではないというのだ。そこでは人々は食事をするときには、とても長い箸《はし》を与えられる。ごちそうは沢山《たくさん》並べられるが、長い箸でないと届かないところに置かれているのである。長い箸だから、ごちそうをつまむことはできても、自分の口に入れることができない。ところが地獄の住人は、その長い箸で自分の口にごちそうを入れることしか考えられないので、必死になって口に入れようとするのだが、箸が長すぎて食べることができない。ごちそうはみな落ちてしまい、目の前にあるのに、飢《う》えの苦しみを味わうというのである。

一方、天国の住人は長い箸でつまんだごちそうを、自分の周《まわ》りの人に食べさせてあげる。長い箸《はし》はお互《たが》いに与え合うのに好都《こうつ》合《ごう》なのである。だからみなおいしい食事を、お腹《なか》いっぱい食べることができるというのである。

この話は、宗教説話《せつわ》では有名かもしれないが、私はその時初めて聞いた。大変興味深く、人間の生き方を象徴的《しょうちょうてき》に示していると、感心したのである。そして現実の世界でも、私は、長い箸《はし》で自分の口にだけ入れようとしていることはないだろうかと、思ったのだ。

天国や地獄というのは、空の上や十万億土《じゅうまんおくど》の彼方《かなた》に空間的に存在する場所ではなくて、人間の心によって創《つく》られる世界であるということが、とてもわかりやすく示されている話だ。

天国は、私たちが自分のことよりも、人に何をしてあげるかを優先した時に、今ここに実現する世界なのだった。

簡単なことのようで、実際に行動するのは難《むずか》しい。けれども私はこの話から、人生は宝探《たからさが》しや、謎解《なぞと》きの面白《おもしろ》さに満ちているという感想をもった。

普通《ふつう》天国や楽園は、厳《きび》しい修行をして悟《さと》りの境地《きょうち》にならなければ、到達《とうたつ》できないところであると思われている。そのためにまなじりを決して、ねじり鉢巻《はちまき》で、様々《さまざま》な行《ぎょう》をする人々もいる。それはそれで尊《とうと》いことではあるが、普通の生活を営《いとな》んでいる人が、そのような行をすることは、家族を犠牲《ぎせい》にしたり、現在の生活を捨《す》てなければならないから、現実的ではない。

だから、今の生活を犠牲《ぎせい》にせず、誰《だれ》でも出来《でき》る楽園への道があれば、そんな良いことはないと思う。人は自分が悩み多く、不幸だと思っていると、人のために何かをしようという気持になりにくい。反面自分の心が満たされて、幸せに感じていると、その幸せを人にも分かち合いたいと思うものである。そうすると、「天国への法則」では、幸せな人はさらに幸せに、不幸な人はさらに不幸な境涯《きょうがい》にという図式が見えてくる。そこで不幸な循環《じゅんかん》を断《た》ち切るためには、自分の生活を見つめなおすことが、とても有効なことだとわかる。

自分は幸せではないと思っている人は、毎日毎日自分の周《まわ》りにある幸せを、できるだけ沢山《たくさん》紙に書いてみると良い。その時に一つだけ大切なルールがあって、それは「人と比《くら》べない」ということだ。

「家がある。家族がいる。水が出る。ガスが使える。電気が通じている。暖房《だんぼう》がある。衣服がある。食事ができる。学校に行ける。仕事がある。アルバイトができる。友人がいる。健康である……」

当り前のことばかりだが、よくよく考えてみるとありがたい。ゲーム感覚で、今日はいくつ書けるだろうかとやってみると、楽しいはずである。そして、そんな宝探《たからさが》しを続けていく内に自分は幸せであることに気がついて、長い箸《はし》で人に与えようとする心を、自分の中に見出《みいだ》せるだろう。

著者プロフィール

一九五二年三重県に生まれる。日本航空客室乗務員を経て、一九七九年、谷口雅宣氏（現生長の家総裁）と結婚。一九九二年、生長の家白鳩会副総裁。二〇〇九年三月、生長の家白鳩会総裁に就任。

現在『白鳩』誌に「四季のエッセイ」、『理想世界』誌に「若き人々のために」を執筆している。著書に『花の旅立ち』『新しいページ』『小さな奇跡』（日本教文社）がある。二男一女の母。

突然《とつぜん》の恋《こい》

二〇〇九年四月二五日　初版第一刷発行
二〇〇九年八月二五日　初版第二刷発行

著　者　谷口純子（たにぐち・じゅんこ）

発行者　岸　重人
発行所　株式会社　日本教文社
東京都港区赤坂九―六―四四　〒一〇七―八六七四
電　話　〇三（三四〇一）九一一一（代表）
〇三（三四〇一）九一一四（編集）
ＦＡＸ　〇三（三四〇一）九一一八（編集）
〇三（三四〇一）九一三九（営業）

頒布所　財団法人　世界聖典普及協会
東京都港区赤坂九―六―三三　〒一〇七―八六九一
振替　〇〇一一〇―七―一二〇五四九

印刷所
製本所　凸版印刷

落丁・乱丁本はお取り替え致します。
定価はカバーに表示してあります。

ISBN978-4-531-05263-9

本書（本文）の紙は植林木を原料とし、無塩素漂白（ECF）でつくられています。また、印刷インクに大豆油インク（ソイインク）を使用することで、環境に配慮した本造りを行っています。